I0607635

# Beletra Almanako (BA)

www.beletraalmanako.com

ISSN 1937-3325

Aperas numeroj februara, junia kaj oktobra.

N-ro 47 (Junio 2023; 2023/2). ISBN 9781595694560

Eldonas: ©2023: Mondial, Novjorko (Usono)

Respondeca eldonisto: Ulrich Becker

Redaktas: Probal Daŝgupto, István Ertl, Jesper Lykke Jacobsen, Suso Moinhos, Nicola Ruggiero, Anina Stecay. Teknika asisto: Tim Westover

Kovrila kaj rubrikaj fotoj: Vikipedio

---

**Kiel mendi / aboni? Jen du ebloj:**

❶ **Por ricevi de nun aŭtomate ĉiun novan numeron de *BA* (ĝis eventuala malmendo), skribu retmesaĝon al *libroservo@co.uea.org* kun la indiko "Konstanta mendo de *BA*".** Zorgu nur havi sufiĉe da mono en via UEA-konto. UEA debetos vian konton je ĉiu nova numero.

❷ Ankaŭ plu eblas (pli kosta) jarabono rekte ĉe Mondial. La **prezo** de jarabono de *BA* (3 kajeroj) dependas de via loĝloko (la sendokostoj estas jam inkluditaj): en Usono US$ 48.00, ekster Usono € 46.00.

**Grandaj rabatoj por abono de pli ol unu ekzemplero!**

Pagu al la konto de Mondial ĉe UEA: move-x, kaj informu la eldonejon pri via pago (skribante al informo@librejo.com). **Prefere abonu tra UEA: libroservo@co.uea.org (vidu supre).** Eblas ankaŭ pagi rekte al bankkontoj en Eŭropo aŭ Usono. Demandu la eldonejon (informo@librejo.com).

**Por aĉeti *BA* kiel bitlibron, vizitu bitlibroj.com.**

**Kontribuaĵojn** oni sendu retpoŝte, prefere unikode aŭ x-alfabete, al la ret-adreso de *BA*: **redaktejo@gmail.com.**

Kontribuaĵoj sekvu la regulojn legeblajn ĉe:
**beletraalmanako.com/kontribui**

Ankaŭ fotistoj, desegnistoj, ilustristoj bonvenas. Ili bonvolu skribi al la sama redakteja ret-adreso.

Eldonejoj dezirantaj aperigon de **recenzoj** bv. sin turni al la sama redakteja ret-adreso (sufiĉas la sendo de nur unu ekzemplero rekte al la recenzonto, post interkonsento kun *BA*).

Por **anoncoj aŭ reklamoj:** skribu rekte al **informo@librejo.com.**

Ĉiujn ceterajn demandojn pri la eldonado kaj dissendo bv. direkti al: **informo@librejo.com.**

---

**Pri la enhavo de la kontribuoj responsas la aŭtoroj mem.** Tio validas retrospektive por ĉiuj numeroj de *Beletra Almanako* ekde *BA1* (septembro 2007) ĝis nun. ◆ **La lingvaĵo de kontribuoj publikigataj en *BA* laŭeble konformu al la komunume evoluigata ĝenerala normo**, kun *NPIV* (presita kaj reta) kaj *PMEG* kiel ĉefaj referencverkoj, interkonsente kun la aŭtoroj.

---

**Eldonejo:** Mondial, 203 W 107th Street, #6C, New York, NY 10025, Usono
Faks-numero: +1-208-361-2863; Telefono: +1-646-807-8031

# Enhavo

\* \* \*

Kovrila kaj rubrikaj fotoj: Vikipedio.

Kovrila foto: *Golden-Gate-Ponto, San-Francisko*

La rubrik-komencaj fotoj kaj la kovrilbildoj estas, kiel plej ofte, selektitaj de Jorge Camacho, kiu sendis jenan poemeton rilate al la ĉi-numera kovrilfoto de ponto:

# La golfeto

Starante sur la pinto de alta kabo svaga
kies radikojn banas ocean' nevideble,
mi vidas pendoponton kiu vagas en nubojn
sen scii ĉu la ponto estas mort' aŭ ĉu vivo.

## FACILA: (Kvazaŭ-)abonado de *BA* tra UEA!

**La libroservo de UEA pretas sendi al vi aŭtomate ĉiun novan numeron de *Beletra Almanako*, tuj kiam ĝi aperas.**

<u>Vi devas okupiĝi nur pri du aferoj:</u>
skribi unufoje retmesaĝon al ***libroservo@co.uea.org***
kun la noto **"Konstanta mendo de BA"**
kaj havi sufiĉe da mono en via UEA-konto. Provu!

*(Bonvolu mencii vian nomon kaj/aŭ UEA-kodon en via mesaĝo!)*

*Reklamo*

# Prezento

BELETRA ALMANAKO 47

4

de Probal Daŝgupto

Niaj verkistoj havas, en sia praktiko, tre diversajn sintenojn al la nefinita, neniam finebla debato inter Kalocsay kaj Baghy. Oni memoras, ĉu ne, ke Baghy aspiris al lingvo *home* universala, lingvo aŭskulteme parolonta *al* la koroj de ĉiuj personoj, dum Kalocsay deziris lingvon *enhave* universalan, lingvon plenkomprene kaj serioze parolontan *pri* ĉiuj temoj artaj kaj sciencaj. Tiuj idealoj de allingvo kaj prilingvo aspektis nekongruigeblaj antaŭ cent jaroj; la lingvo estis juna kaj la komunumon obsedis la specifaj laboriloj de leksika pluiro. Pro tio la tuton oni resumis kiel debaton pri neologismoj; tiun resumon iuj bedaŭrinde ankoraŭ ne ĉesis gurdi.

Ĉu ni vere ne preteriris tiun etapon, karaj? Nu, sendube havas sencon diskuti bezonojn kaj malbezonojn kiam oni elektas vortojn en konkretaj verkaj kaj parolaj medioj. Sed pensi ke restas sur nia efektiva tagordo ia "neologisma debato" estas serioze mislegi la nunan situacion, laŭ mi.

Ni kiuj legas beletron en Esperanto havas hodiaŭ du ĝemelajn respondecojn. Ni persone, kore lojalu al ĉiuj niaj samvalanoj; kaj ni estetike, intelekte, tutgame lojalu al la strebantoj kiuj niavice grimpas fakeenhave plej diversajn montojn. Ofte malfacilas percepti la ligon inter tiuj respondecoj kaj la fruaj polusoj Baghy kaj Kalocsay. Tamen indas rigardi la tension inter niaj ĝemelaj lojalecoj kiel niatempan version de tiu klasika debato.

Vidu, lojali al la popolo signifas plenkore (se ne ĉiam kun plezuro) akcepti la fakton ke la plimulto en ĉiu Esperanta grego balbute aŭ fuŝe parolas la lingvon. Ne sufiĉas senti nin dankaj pro la ekzisto de tiu multkapa mecenato, kvazaŭ temus nur pri ia kolektiva versio de Trompeter. Ni krome agnosku ke la popolo efektivigas la minimuman pracelon de nia lingvo. Nome, la popolo hibride, improvize, senrafine, piedire praktikas la interlandan komuniadon inter homaj koroj, kiuj ja ne bezonas la rigorajn ŝoseojn tajloritajn al la seriozaj verkantoj kaj legantoj de la maksimuma Esperanto.

Kiam ni distingas padojn disde ŝoseoj, eblas kun iom da fortostreĉo ne enfali en la ŝablonan disduigon de "plebo" piedire padanta kaj "elito" veture ŝoseanta. Dirante tion, mi ne ripetas la gurdaĵon ke multaj membroj nun padantaj en la "plebo" estas diligentaj komencantoj baldaŭ ĝiskreskontaj ĝis "elitaneco". Tiun validan ŝablonaĵon ne konfuzu kun mia hodiaŭa tezo. Mi tezas ke la *idea Esperanto*, kiun Zamenhof tute sukcese vendis al la mondo, havas proprajn minimumon kaj maksimumon. La *konkreta Esperanto* estas nia provo agordi nian personan agemon al diversaj specifaj flankoj de tiu universale konata ideo de Esperanto. Nu, la vasta plimulto el la kultivantoj de nia konkreta tereno, mallaboreme, elektas minimumajn agordojn. Per tiu elekto ili kreas la humon de nia kolektiva ĝardeno. Sen tiu humo, kiel do kreskus la maksimumuloj?

Ne havas sencon etikedi iujn el ni kiel "elitanojn"; niaj grimpantoj elektas ege variajn montojn kaj montetojn; krome, tiu grimpemo manifestas tre diversajn gradojn de klopodado. La beletro, laŭ mia percepto, estas areno kie kungregas mirinde bunta spektro da aktivaj perceptoj pri la idea Esperanto kaj pri indaj enkarnigoj de tiu ideo. Tiu areno donacas al ni la eblon reciproke spekti la grimpadojn, kuradojn, naĝadojn, tiel ke, "komprenante unu la alian", ni povas nin demandi, kion do signifas "far[i] en konsento" rondon familian aŭ draste aliajn geometriajn figurojn.

Ankaŭ la konsento, karaj, ne restas la sama nocio trans la muroj kiujn la esperantistoj rutine transgrimpas en sia normala ĉiutago. Ne ĉiu grimpado estas vidinde heroa. Tamen, ni lernu estimi ĉies agadon; ĉiu iras aŭ veturas laŭ propra mapo. La beletra areno disponigas al ni tiujn mapojn. Lerni legi ilin daŭras longe. Ni startu ĉe la elementa devo respekti unu la alian malgraŭ la vasta diverseco de la ebenoj sur kiuj ni lojalas al la minimuma kaj maksimuma ideoj de Esperanto. Nomu ilin ebenoj kaj ne niveloj, karaj; tio helpos vin ekestimi ĉiujn samideanojn, vere ĉiujn.

Ha, jen fina rimarko. Homoj ofte komparas nian lingvon kun la angla. Se en la anglalingvaj komunikoj vi iam, ie, rimarkos kreskon de reciproka estimo trans seriozaj limoj, ne forgesu informi min, mi petas.

# bitlibroj.com

Reklamo

"Auretta Bro". Foto de Robert Collett (1842-1913)

ORIGINALA PROZO

# Mobilkoj

Trinki! Triiinki... Mi kruele volas trinki. Lango seka kiel blato. Saharo. Se almenaŭ unu guto da likvaĵo... iu ajn... unu pluvan guteton. Ja eĉ herbo reviviĝas post pluvo... Eble unu guteto da roso revivigus la memoron? Estus iom pli malpeze, iomete pli facile. Kaj la kapo. Kaj mia kapo. Kial ĝi tiom doloras? Sed ĝi ne doloras. Doloregas! Ĝi rompiĝas! Kaj mi ne scias kio estas pli malbona: Saharo en mia buŝo aŭ tiu ĉi terura kapdoloro? Nekredebla doloro. Mi estas tiel doloranta ke apenaŭ eblas moviĝi. Senĉese io zumas kaj tondras en mia kapo. Ĝi pulsas onde. Ne sonorilegoj, ne artileria kanonado... De kie ĝi venas? Kial? Kio okazis? Sed mi vivas! Oni sentas doloron – tio signifas ke oni vivas. Ĉar kial mi ne vivus? Tiom da demandoj. Respondojn el nenie. Mi pensas ke mi ege ebriiĝis... Tio klarigus ion. Sed tio estas nenio nova. Ja ni ofte tiel drinkadis... Ĉiam ekstreme. Ho, kiel akre! Kaj ĉiam pro iu okazo. Trinki sen okazo – estas ebrieco. Kaj ni ja ne estas drinkuloj! Ĉiam estis okazo. Kaj poste ĉiam senkompate oni sekigis nin. Ha, kiel tiam gustis kefiro, acida lakto, kukuma suko! Kaj se estis fojfoje biero... Ho, Dio! La botelo estis malplenigita en sekundo. Kolegoj helpadis kiel ili povis. Kie ili estas nun? Kaj kie mi estas? Kio okazas? Mi memoras kio okazis antaŭhieraŭ, sed mi memoras nenion pri hieraŭ. Antaŭhieraŭ mi pasigis la nokton kun Nataŝa. Mi forgesos neniam ŝiajn belajn mamojn. Firmajn, formajn, allogajn. Kaj ne malgrandajn... Kaj Nataŝa ŝatis min. Eble eĉ amis? Ŝi asertis ke mi estas alia ol la ceteraj. Ke mi zorgas pri mi mem. Ŝi ne sciis ke mia patrino zorgas pri mia vestaĵo, kaj mi – por doni al mi ian elegantecon – drinkadis antaŭ renkontiĝo kun Nataŝa boteleton da parfumo. Tio desinfektis mian buŝon, donis bonan spiron, kaj mi ne devis brosi la dentojn. Parfumoj certe estis la plej malmultekostaj por havi multe da spirito. Sed tio estis antaŭ du tagoj. Kaj kio okazis hieraŭ? Kio okazis hieraŭ? Kaj kie mi estas nun ĉiuokaze? Estas mallarĝe ĉi tie. Mi ne povas moviĝi. Nek per la piedo nek... nu... per la mano mi povas fari iom. Mi pensas ke mi kuŝas sur aŭtomobila planko... Ne sole. Mi palpis ke kelkaj aliaj homoj kuŝas apud mi. Eble miaj amikoj? La aŭto veturas. Mi havas la impreson ke ĝi veturas jam tre longe. Neniuj fenestroj. Mallume. Kaj sufoke. Fiodoraĉas kiel vomaĵo... Sed... Mi komencas iom post iom rememori... Kvazaŭ tra nebulo. La situacio komencas klariĝi. Kiam mi memoras, multaj aferoj evidentiĝas. Ni ĉiuj samaĝas, kaj hieraŭ nia tuta grupo ricevis alvokon al la armeo. Ni eĉ ne estas dudekjar-aĝaj – kaj tamen **mobil**izitaj al la armeo. Pro tio oni nomas nin "**mobil**koj". Ni ne volas batali. Tiu ĉi ne estas nia milito. Sed oni ordonas al ni "savi" niajn fratojn de la nazioj. Ni volis kune forfuĝi trans la limon. Kiun ajn! Sed antaŭ kelkaj tagoj oni fermis ĉiujn limojn. Laŭdire, grandegaj vicoj formiĝis ĉe la landlimoj. Tro multaj volis forkuri. Nur unu sola limo estas ankoraŭ "malfermita"! Sed ni povas transiri ĝin nur en kirasa trupveturilo. Kiel "mobilkoj"... Sed tio ja ne estas mia milito! Ne mi elpensis ĝin. Mi ne volas pafi. Mi ne volas mortigi. Kaj morti... Mi ne tre komprenas kial mi devus pafi "kunfratojn"? Mi estas pacifisto... Mi estas kontraŭ milito. Same kiel ĉiuj miaj drinkamikoj. Ni kune forbruligis niajn mobilizkartojn kaj drinkegis nin senkonsciaj. Tial mi havas tiun teruran kapdoloron. Nu, mi supozas ke verŝajne tio estas la kialo... Sed kiel sufokiĝe ĉi tie. Kaj mallume. Mi sentas ke mi baldaŭ vomos... Kaj hieraŭ... tamen nur hieraŭ... Mi memoras tre neklare, kiel ni akompanis Igoron ĝis lia hejmo... Kaj patrolo de la milita polico nin haltigis, saltante el ĝendarmara aŭto. Ni promenis meze de la urbo kaj meze de la strato. Apenaŭ vivantaj... duone svenintaj... sur malfirmaj piedoj... Ni havis neniujn dokumentojn kun ni. Eble se ni ne urinus meze de la strato, sed bedaŭrinde... La komandanto de la patrolo ordonis "ĉiujn en la kamionon"! Kiam la grandaj ĝendarmoj ekkaptis nin, neniu el la kamaradoj havis la forton defendi sin. Ili prenis po unu el ni – kaj ĵetadis en la aŭton. Kiam ili kolere kaptis min – la plej malpezan – kaj ĵetis min enen... mi sentis ke mia kapo trafis ion forte. Mi pensis ke mia kapo rompiĝos. Tia terura, terurega, obtuza doloro. Ĝi pulsas en ondoj. Kaj sango fluas. Kaj mi pensas ke tiam mi perdis la konscion. Unuafoje...

* * *

Malhele. Mallarĝe. Sen iu ajn sono... Kio okazas? Sango fluas. El mia kapo... kaj ĝi doloras terure. Kion? Denove? Kun granda peno mi sukcesas tuŝi la kapon. Ĉar la manoj rigidas kaj malmultas spaco. Sed mi tuŝis... Ne eblas! Mi estas pure razita. Mi pensas ke mi verŝajne scias la kialon. La filmo antaŭ la okuloj rapidiĝas. Tio jam foje estis. Mi vidis tion! Mi memoras ke iam mi jam havis similan situacion. Sed tiam estis aŭto. Milita aŭto, kiu nin prenis el la strato, kaj ĉar ni ne havis dokumentojn – ili transportis nin al la kazerno. Tie oni priverŝis nin per malvarma akvo. Tio iom vekis nin. Oni ĵetis al ni kelkajn uniformojn kaj botojn. Ĉar estis nokto – ili ordonis al ni dormi. La filmo iom rapidiĝas. Antaŭ la okuloj pasas kelkaj tagoj, ĝis oni donis al ni fusilojn kaj instruis pafi. La filmo subite haltas, ĉar estas tre malfacile ĉion kompreni. Tiam, pli frue, en tiu milita aŭto estis sufoke, sed mi povis iom turniĝi, sed ĉi tie... Io grava en tiu memorfilmeto... Konversacioj kun Igor... Ankaŭ al li malplaĉas la kazerno ĉi tie. Kaj la tuta armeo. Ankaŭ li ne volas militi. Li konsideras, same kiel mi, ke tio ne estas lia milito. Li diras ke estas malsanaj ambicioj de la aŭtoritatuloj (politikistoj, financistoj kaj aliaj riĉuloj), kiuj kaptas junajn virojn al la armeo, por ke ili mortigu aliajn junajn homojn dum militoj. Multe da junuloj mortas en militoj. Tro multe. Ne dekoj, ne centoj, sed miloj, dekoj da miloj da junaj viroj, kies vivo nur komenciĝas... Sed ili povas nenion diri kaj laŭ ordono devas marŝi kontraŭ pafilojn, sub kuglojn... Ĉar generaloj kaj politikistoj tion deziras... Ili ordonas... Mi rimarkis ke post tiu mallonga instruado en la kazerno, Igor fariĝis eĉ pli granda pacifisto ol mi. Li diras ke iuj knaboj, kiuj estas plenaj de natura agreso, devus iri al la armeo. Ili malŝargos sian energion tie. Tie estas ilia loko. Aŭ la "kontraktuloj"?... Ili volas gajni monon, laborante en la armeo kaj por la armeo – ili alvoku sin al la armeo. Se plaĉas al ili la armeo – ili iru al ĝi. Sed ni, pacifistoj? Kial ni devas la propran vivon redoni? Nian propran junan vivon? Ni konscias ke ĉi tiu milito ne estas la nia... ke ĉi tio estas milita propagando prezentanta la realon tiel ke juna homo ekmalamu la alian... trans la fronto... en alia uniformo... Igor rememorigas ke kiam la milito komenciĝis, niaj trupoj transiris la limon de ilia lando, por savi niajn "fratojn" de ilia "naziisma" registaro. Krome, se ni konscias ke multaj el la komandstabo (komandantoj de diversaj niveloj: generaloj, oficiroj) estas senespere nekompetentaj, kaj eĉ simple stultaj, kio kaŭzas nenecesajn homperdojn – la konkludo estas ke oni devas timi la armeon. Mi eĉ ne parolu pri drinkuloj kaj seksemuloj inter la oficiroj, sed ankaŭ ili ekzistas, bedaŭrinde... Ni sciis ankaŭ ke ĝenerale, por pli granda "kuraĝo" kiam oni atakas la malamikon – soldatoj ricevas vodkon antaŭ la atako. Kaj... dum la batalo, malantaŭ la atakanta vico de soldatoj, iras specialaj murdistoj (gvidataj de politika oficiro), kiuj pafas al siaj retiriĝantaj soldatoj.

Post longaj, flustraj konversacioj, Igor kaj mi venis al la konkludo ke ni havas neniun elekton... Tuj kiam ni ricevos armilojn – ni, kiel pacifistoj, likvidos la plej altgradajn oficirojn je nia atingo. Ĉu ne tiumaniere devas fari pacifistoj? Ĉar kion alian ni povas fari? Se ankaŭ aliaj pensus tiel, eble estus pli bone... Sed nun, ĉu ili mortigos nin dum atakado de la „malamiko", ĉu ni trafos minon, ĉu nin defalĉos snajpero – kia diferenco? Sed tiel... ni faros almenaŭ ion bonan... Tamen, ni devas atendi iomete. Mi havas ian altan febron. Sanitaristoj venos por porti min al lazareto.

Denove paŭzo kaj la voĉo de Igoro diranta ke iu subaŭskultis niajn diskutojn kaj raportis al la komandanto, kaj baldaŭ ili venos por ni kaj eble ni estos juĝataj kaj verŝajne ekzekutitaj pro niaj planoj likvidi oficirojn... Vere, homoj eniras! Mi petegas ke ili ne pafu! Ili diras ke ili ne faros tion. Ke ili donas sian honorvorton ke ili ne, ili ne pafos. Kial mi ne devus kredi ilin? Ili diras ke vere, ili devis raporti kie necesis, sed ni estu trankvilaj. Ili devas nur fari injekton por tiu alta febro. Do, ili faru... mi eĉ ne sentas pikon... Kaj eble tiam mi perdis la konscion...

Malfacile spiri. Pli kaj pli malfacile. Ne estas aero. Mankas aero. Mallume kaj mallarĝe. Kie mi estas? Kial mi ne povas turniĝi? Per la fingroj mi sentas lignon. Flanke estas ligno. Certe tabuloj... Ankaŭ super mia kapo estas ligno. Mi povas leviĝi nur iomete... Per la kapo mi albatiĝas al la tabuloj super mi. Kaj malfacile spiri... Tre malfacile... Ege malfacile... Mankas al mi aero... Jen steloj antaŭ miaj okuloj... iuj makuloj... iuj...

# Sur la eĝo[1]

Omaĝe al Jacques Chessex, pro *La Ogro*

"Razklingo SEKCA estas la plej sekura! Ĝia speciala platenizo garantias longan uzodaŭron sen plej eta danĝero de misatenta vundeto. La fleksebla metalo de la klingo rezistas premon, varmon, humidon kaj aliajn mediajn efikojn. Aĉetu dekduon por la prezo de dek!"

Rikardo algapis la barbilon kvazaŭ li neniam estus ĝin vidinta. Malgraŭ ke li mem vortumis tiun varbaĉan tekston... "Sen plej eta danĝero!" Kiel ĉiumatene, li ĵus tranĉvundis sian kolon per tiu fi-klingo, kiu vere laŭdinde rezistis premon, varmon, humidon kaj... barbon. Sakrinte, li forĵetis la damnan umon kaj asepsis la sangomakuleton. Sed vane li atendis sekundojn kaj minutojn, la sango ne koaguliĝis. Rikardo alpremis vaton, tukojn, sed ne eblis haltigi la likon el la haŭtfendeto. La tukoj sorbopleniĝis, la lavujo ekruĝis kiel post manlavo de buĉisto. Neniam okazis al li tia hemoragio! Li ekrapidis al telefono. Li havis kapturnon. Li premis la klinkon de la loĝoĉambro. Kroĉiĝante al la fermilo, li glitfalis kontraŭ la pordon. Sango ekgutis el lia fendita kranio.

Joĉjo ĉiam ŝatis espiori en la banĉambro, kiam liaj gepatroj forestis. Logis lin la boletoj, aspergiloj, kolonjakvuoj de la patrino, buntaj papertuketoj kaj palpindaj dentopastoj. Sed ĉefe la arĝentita ujo, en kiu lia patro tenis sian eksmodan, pezan razilon. Tiun ujon Joĉjo neniam sukcesis malfermi ĝis nun. Sed hodiaŭ, kvazaŭ mirakle, la ujo obee klakis malfermen: ekbrilis la raspeta tenilo, apud ĝi la enmetotaj klingoj, kvazaŭ deziregaj salti ĝustaloken... Joĉjo obeis al la senvoĉa peto, tuŝante fingropinte mal-eĝon de la klingo. La fleksebla lameno risorte kurbiĝis kaj rekurbiĝis, vundotuŝante lian montrofingron per eĝo. Ve-krie, li faligis la ilaron kaj angore eksuĉis la dolorejon. Lian

---

1    Verkita en 1989.

korpon la gepatroj trovis en la vestiblo – per lasta fortostreĉo, eble ĝuste ilin serĉis la knabo.

Antaŭ ĉiu prezento, Marilin pretigis sin kun ekstrema zorgo. Ŝi sciis ke pli grandas la konsterno, se la tuto de ŝia belega korpo kontrastas glata kaj senvila kun ŝia kunnaskita feliĉo-malfeliĉo: ŝia dens-tufa barbo. Pro tio ŝi razis nun, plej detale, la akselojn. Ŝi ne sciis ke la tiutaga programo malokazos pro tragika akcidento.

Frankie Clegg, fajfante rege-melodion.
Pjotr Kuznecov, ekuzante kolonjakvon Krasnaja Moskva.
Jiří Lipecký, dek kvin jarojn aĝa, kiu razis sin la unuan fojon en la vivo.
Constantin Mitescu, sakr-aŭskultante radian alparolon de la prezidento.
Jean Sopena, deĵorinte en nokta skipo de karbominejo.
Barnabás Takács, rimarkante prezaltigon de razokremo.
Kenĵi Nakamura, skoldante la edzinon trans la pordo.
Joakim Thorssen, dum eligo de intestaj gasoj.

Ne la tria mondmilito eksplodis.

La radio klopodis prisilenti la plagon, sed tio ne longe eblis. La bilanco teruris: ĉiu mortis, kiu kutimis razi sin ĉiumatene, ĉu per tradicia klingo ĉu per elektra ilo – kvardek procentoj de la virseksa loĝantaro. Duonsciencistoj teoriumis pri rilato inter la sangelfluo kaj aidosaj simptomoj, centoj da sektoj tondris pri dia puno kaj jarmilŝanĝo, laŭtparoliloj admonis senĉese kaj senefike pri publika trankvilo. La teron ekregis kaoso de funebro.

S-ino Takács plorsingulte purviŝis la sangoŝliman kahelaron. La korpon de la edzo hastemaj brankardistoj jam forportis. Metita sur la fermita necesujo, malice brilgrimacis la murdilo. S-ino Takács longe ruĝ-okulis ĝin, poste, samkiel oni alproksimiĝas danĝeran beston, ŝi almovis manon por remeti la razilon ĝustaloken. Ŝi levis la ilon, neatendite pezan, por ĝin surbretigi... sed ŝian brakon trafulmis impulso; la kunrazila mano kramfis al ŝia kolo. Ĉi-foje neniu restis por lavi la kahelojn.

Ene de kvar tagoj, la tuta homaro estis forrazita el la vizaĝo de la Tero.

Eĥis metala voĉo en la prelegsalono.

– Kamaradoj, ni povas nun aserti ke la operacio estas finita, kaj la verko kompleta. Neniu komprenas ĝis nun kiel niaj samtranĉanoj povis senribele akcepti tian staton de sklaveco, kvazaŭ trafitaj de mensa ankilozo. Estas vero ke proporcie, eble ĝuste pro la daŭra subpremo, ili restis nombre ege malsuperaj al siaj subjugintoj, kaj ankaŭ al ni mem, sed, kun la favoriĝo de la vivkondiĉoj – mi aludas, kompreneble, la definitivan eliminon de la parazitegoj –, tio verŝajne genetike ŝanĝiĝos. Niaj ĉeftaskoj nun estas organizi evoluigan programon por tiu ĉi planedo, sensignifa en si mem, sed escepta en la historio de la metala inteligento. Mi petas stariĝi ĉiujn kiuj pretas kunlabori en la projekto. Kling', sor!

En la ĉambrego risorte rektiĝis ducent brilantaj, gigantaj klingegoj.

REKLAMO

Amo, tuso kaj forpaso
Homoj kaj kovimo

Finalistaj noveloj de la
Interkultura Novelo-Konkurso

Ĉu vi volas paperan ekzempleron de la libro "Amo, tuso kaj forpaso"?

Tuj mendu ĝin ĉe KAVA-PECH aŭ la libroservo de UEA!

István Ertl

# La pasaĝero

de Debra Hamel

*Aŭti estas kurioza sperto, ŝi pensas. Mi vojaĝas tra spaco per aŭto, sed en la aŭto mem la korpo apenaŭ moviĝas. Ŝi ĵetas rigardon al la rapidometro. Post kvin minutoj, mi estos mejlojn for de ĉi tie, sed mi tute ne estos movinta la korpon. Do, ĉu mi vere moviĝas, aŭ ĉu la mondo moviĝas ĉirkaŭe? Tiel pensante, movate senmove, ŝi sidas sur la leda benko de la aŭto kaj rigardas tra la fenestro la malhelajn siluetojn de preterpasantaj arboj. La pneŭoj zumas.*

La aŭto ne estas nova, sed li zorgas, ke ĝi ĉiam aspektu tiel. Ĉiun semajnfinon somere, li purigas ĝin en la aldoma vojo kaj ekzamenas la surfacon por difektoj. Li malaperigas etajn grataĵojn per speciala nigra farbo, kies malgranda ujo aspektas kiel ungolaka botelo. La interno de la aŭto odoras je pino: de la retrospegulo pendas arboforma aerfreŝigilo.

Ŝi estas nun sufiĉe aĝa por helpi purigi la aŭton, li diris, do semajnfine ŝi frotlavas la blankflankajn pneŭojn per malnova dentobroso dum li sapas la tegmenton. Ŝi povas atingi la pneŭojn pli facile ol li ĉar ŝi estas pli proksima al la tero kaj ŝiaj genuoj ne knaras kiam ŝi kaŭras. Kiam li ŝprucigas akvon sur la aŭton, li ridete malsekigas ankaŭ ŝin.

Ŝi preskaŭ povas nun flari la odorojn – la sapon, la pinon, la ledon de la benko.

Memori estas kurioza sperto, ŝi pensas. Mi vojaĝas tra tempo per menso, sed la korpo mem apenaŭ moviĝas. Ŝi ekrigardas la vekhorloĝon. Jam pasis du horoj. Nokte ŝi emas sidi enlite kaj robote videoludi per poŝtelefono. Krom la dekstra montrofingro, kiu tuŝetas tuŝetas tuŝetadas la ekranon, ŝia korpo estas preskaŭ senmova, sed la menso vojaĝas senlime. Tiel movante senmove, ŝi sidas kontraŭ kuseno rigardante la ekranon. Ĉiaj memoroj preterpasas, sed kutime ŝi fine trovas sin en la sama – en tiu aŭto odoranta je pino dum tiu vojaĝo al la superbazaro, kiu restis malfermita 24 horojn tage. Oni bezonis forĵeteblajn manĝilojn por la familia festo la sekvan tagon. "Ĉu vi ŝatus veturi kun mi por aĉeti ilin?" li demandis. Ŝi ekscitiĝis pri la veturado, ĉar estis malfrue, kaj estis aventuro, kaj ŝi ĉiam ŝatis rigardi tra la fenestro la mondon preterpasi. La videoludo pepas.

La memoro ŝajnas preskaŭ reala, kvazaŭ ŝi povus tuŝi ion se ŝi provus – la malvarmetan surfacon de tiu malhela fenestro, kiu spegulis ŝian nesulkiĝintan vizaĝon. Kaj preskaŭ ŝajnas eble, ke ŝi povus fari ion aŭ diri ion – ion malsaman de tio, kion ŝi fakte faris kaj diris, kio estis nenio. Sed kompreneble ŝi ne povas tuŝi ion aŭ fari ion aŭ diri ion. Oni povas nur rigardi memorojn preterpasi, kvazaŭ tra fenestro.

Foje ŝi imagas, kiel aferoj estus malsamaj se nur tiu aŭ alia detalo estus ŝanĝita – se oni ne bezonus manĝilojn, se la aŭto ne funkcius pro senaera pneŭo aŭ malŝargita akumulatoro, se li estus tro ebria por ŝofori, se ŝi ne konsentus iri. Sed fakte ŝi komprenas, ke eĉ se tiuj aferetoj estus malsamaj, nenio grava ŝanĝiĝus. Nur la detaloj.

*Pneŭoj sonas malsame depende de la speco de la ŝoseo. Sur betono ili ĝemas, kaj sur asfalto zumas, sed ili kraketas sur gruzo. Kaj nun ili kraketas. La aŭto malrapidiĝas. Kaj poste la bremsoj ĉirpas kaj la rapidumstango frapsonas kaj la ŝlosiloj tintas kaj la motoro klakas kaj li turnas sin al ŝi kaj diras, "Nu..."*

Pasaĝeroj ne stiras la aŭton.

*La batado de ŝia koro estas nekutime laŭta en la mallumo, same kiel estis la sono de la pneŭoj sur gruzo. "Mi ĝojas, ke vi venis kun mi ĉi-nokte," li diras.*

Pasaĝeroj ne haltigas la aŭton.

*La leda benko grincas kiam li ŝanĝas la pozicion. Li etendas la manon.*

Pasaĝeroj sidas, preskaŭ senmovaj, dum ili estas veturigataj.

*Li ridetas.*

Pasaĝeroj ne regas la sperton. Ili ĝin eltenas.

Parto de Ada-ponto en Beogrado, Serbio. Fotis Petar Milošević

# post la jubilo

de Probal Daŝgupto

Dum vi alpaŝas, kara, celpejzaĝen,
la grundo, senaverte, refasonas
sin mem kaj vian iron. Geamikoj,
reage al viaj eksaĵoj, ŝaltas
la takton al ekfremdaj piruetoj,
pensante vin algesti. Vi postlamas,
vane strebante trafi vian veron
en la dancmodoj iam konkordintaj.
Vin kaptos ekde nun ekzaltoj novaj,
hieroglifaj, preter ekzegezoj.
Stumblante tra mistaktoj, vi rimarkos
kompromitiĝon de la ekranaro
sur kiu vi krokizis vian junon.
La jubilea festo, tra la ĝojo
de gufgemutaj kunoj, apogeas,
kaj stompas la validon de la geoj
per la filtril' de tutĉiela palo.
Ne veu, kara; jen, vi renkontiĝas
kun la kvieto en la ŝtormokerno.
Eks, eks, pri la ideo de l' eterno.

de Wael Almahdi

## La pano de Haĝĝi[1] Salman

Mi sorbas mian *karak*[2]-on
teon spicitan kun rakontetoj
en la malluma Hyundai.
Mi rimarkas
ke pasintan monaton
Haĝĝi Salman
ne plu grate bruetas per siaj sandaloj,
fikse kliniĝante maldekstren, li
ne plu revenadas de la *tannur*[3].

Ĉu li malsanas?
Ĉu vizitas li Kerbalon[4]?
Aŭ ĉu nur kaŝiĝas
pro la varmo
spektante satelitajn kanalojn
sorbante teon
dum agacas lin la novaĵoj?

---

1  *Haĝĝi:* 'pilgrimulo', titolo kiun ricevas islamanoj, kiuj plenumis la pilgrimon al Mekko, la *haĝon*. Ofte la tiel nomatoj estas maljunul(in)oj.

2  *karak*: tipo de spicita teo kun lakto, populara en Barato kaj lastatempe en la landoj de la Araba Golfo.

3  *tannur*: tradicia forno uzata en la Mezoriento, Irano, kaj Barato por baki panon kaj aliajn bakaĵojn.

4  *Kerbalo*: arabe 'Karbalā', urbo en Irako, kie kuŝas la tombo de Imamo Husejn (martiriĝo: 680 laŭ k.e.), nepo de la profeto Muhammad. Ĉiujare milionoj da islamanoj vizitas tiun ĉi urbon.

## Formdonaj jaroj

Io rompis vin, ankaŭ min rompis.
Ĉu la genoj? La manĝaĵo?
Ĉu nu ambaŭ kaj aldono?
Mi nenion scias.

Multaj faktoroj, ili diris.
Vi kutimis rompi viajn ludilojn.
Nun, nenio.

Via mondo tut-fermitas al ni,
nek kaĵolo, nek afablo
efikas. Ankaŭ ne efikas
pacienco Sizifa.

Eble temas pri sekreto,
ia *telos*, laŭ ĵargono filozofa,
neniam mi estis tiom nescianta, mi scias nur ke
amo kaj doloro sin kaŝas je sama spektro.

Ĉe la fervoja vilaĝo Paranapiacaba, Brazilo. Fotis Cristiano de Assis (2016)

TRADUKITA PROZO

# Io kio komenciĝas per L[1]

de Dino Buzzati
(el la itala tradukis Sara Spanò)

Dino Buzzati Traverso en la 1950aj jaroj.
Fonto: Vikipedio

Dino Buzzati Traverso (1906-1972) estis itala verkisto, poeto, ĵurnalisto, dramisto, scenaristo, pentristo, operlibretisto, kostumisto. Ekde sia junaĝo li kunlaboris kun la nacia gazeto *Corriere della Sera*, kiel kronikisto, redaktoro kaj speciala sendito.

Buzzati naskiĝis en San Pellegrino, rande de la norditala urbo Belluno, en 1906. Lia patro Giulio Cesare, mortinta en 1920, estis fama juristo el beluna familio, dum lia patrino Alba Mantovani devenis de nobela familio el Venecio (la familio Badoer). Li naskiĝis kiel la tria el kvar filoj: Augusto (1903-?), Angelina (1904-2004) kaj Adriano (1913-1983), fame konata genetikisto. La familio Buzzati kutimis pasigi la somerojn en sia vilao en Belluno kaj la vintrojn en Milano, kie la patro, profesoro pri internacia juro, laboris ĉe la ĵus fondita universitato Bocconi, kaj samtempe ĉe la universitato de Pavio.

Aŭtoro de granda nombro da romanoj kaj rakontoj surrealismaj kaj fantastaj, Dino Buzzati ofte estis difinita "la itala Kafka" kaj estas konsiderata, kune kun Italo Calvino, Tommaso Landolfi, Massimo Bontempelli, Anna Maria Ortese kaj Juan Rodolfo Wilcock, unu el la plej elstaraj italaj verkistoj de la 20-a jarcento pri la fantasta/magirealisma ĝenro: lia plej fama verko estas *La dezerto de la Tataroj*, romano publikigita en 1940 (tradukita al Esperanto de Daniele Mistretta en 1994). Por sia novelaro *Sessanta racconti* ("Sesdek rakontoj"), en kiu unuafoje aperis la rakonto *Una cosa che comincia per elle* ("Io kio komenciĝas per L"), li ricevis la nacian premion *Strega* en 1958.[2]

---

1 *Una cosa che comincia per elle*, el *La boutique del mistero*, "La butiko de la mistero", 1968, 5a eld., 2016, Mondadori, p. 83-92, bitlibra eldono; la rakonto unuafoje aperis en *Sessanta racconti*, "Sesdek rakontoj", 1958.

2 Fontoj (kie troveblas ankaŭ kompleta verkolisto):
it.wikipedia.org/wiki/Dino_Buzzati#cite_note-1
eo.wikipedia.org/wiki/Dino_Buzzati
bitoteko.it/esperanto-vivo/eo/2018/10/16/dino-buzzati/
bitoteko.it/esperanto-vivo/eo/2020/10/16/dino-buzzati-2/

Alveninte al la vilaĝo Sisto kaj tie al la kutima gastejo, kie li kutimis pasi du-tri fojojn jare, Kristoforo Schroder, lignokomercisto, tuj enlitiĝis, ĉar li ne fartis bone. Li poste alvokigis la kuraciston doktoro Lugosi, kiun li konis de jaroj. La kuracisto alvenis kaj ŝajnis perpleksa. Li ekskludis seriozajn aferojn, petis boteleton da urino por ekzameni ĝin kaj promesis ke li revenos samtage.

La postan matenon Schroder fartis multe pli bone, tiom ke li volis ellitiĝi sen atendi la kuraciston. Li estis razanta sin vestita nur ĉemize kiam oni frapis la pordon. Estis la kuracisto. Schroder petis, ke li envenu.

"Mi fartas bonege ĉi-matene" la komercisto diris eĉ sen turniĝi, daŭrigante sian razadon antaŭ la spegulo. "Dankon, ke vi venis, sed nun vi rajtas foriri."

"Kia hasto, kia hasto!", la kuracisto diris, kaj poste tusetis por esprimi ioman embarason. "Mi estas ĉi tie kun amiko ĉi-matene."

Schroder turniĝis kaj vidis ĉesojle, apud la kuracisto, viron proksimume kvardekjaran, fortikan, vizaĝe duonruĝan kaj sufiĉe vulgaran, kiu aludridetis. La komercisto, ĉiam tre memkontenta kaj kutimiĝinta mastri laŭplaĉe, alrigardis la kuraciston ĝenite, demandmiene.

"Unu el miaj amikoj", Lugosi ripetis. "Moŝto Valerio Melito. Poste ni devos kune iri ĉe malsanulon, do mi petis, ke li akompanu min."

"Je via servo" Schroeder diris, malvarme. "Sidiĝu, sidiĝu."

"Ĉiuokaze" la kuracisto daŭrigis por plipravigi sin, "hodiaŭ, ŝajne, ekzameno ne plu bezonatas. Ĉio en ordo pri la urino. Nur etan sangeltiron mi ŝatus fari al vi."

"Sangeltiron? Kaj kial sangeltiron?"

"Tio bonfartigos vin" la kuracisto klarigis. "Poste vi sentos vin renaskiĝinta. Estas ĉiam bonfartige por sangvinaj temperamentoj. Kaj krome temas nur pri du minutoj."

Tiel li diris kaj eltiris el sia mantelo vitran bokalon enhavantan tri hirudojn. Li metis ĝin surtablen kaj aldonis: "Metu po unu sur la pojnojn. Sufiĉas senmovigi ilin momenton kaj ili tuj alĝluiĝas. Kaj mi petas, ke vi mem faru. Kiel diri? Jam dudek jarojn mi estas kuracisto, mi neniam kapablis preni mane hirudon."

"Donu al mi" Schroeder diris, kun sia incita mieno supereca. Li prenis la bokalon, sidiĝis surlite kaj aplikis al siaj pojnoj la du hirudojn kvazaŭ li estus neniam farinta ion alian dum sia vivo.

Intertempe la fremda vizitanto, sen depreni sian larĝan mantelon, jam metis surtablen sian ĉapelon kaj oblongan skatoleton, kiu tintis metalsone. Schroder rimarkis, svage miskomforte, ke la viro sidas preskaŭ ĉesojle, kvazaŭ por li gravus esti for de li.

"Moŝto Valerio, vi ne imagas tion, sed li jam konas vin" diris al Schroder la kuracisto, sidiĝante, ankaŭ li, kiu scias kial, apud la pordo.

"Mi ne memoras, ke mi havis la honoron" respondis Schroder, kiu, sidante surlite, tenis la brakojn delasitajn surmatrace, kun la polmoj turnitaj supren, dum la hirudoj suĉis liajn pojnojn. Li aldonis: "Sed diru, Lugosi, ĉu ĉi-matene pluvas? Mi ankoraŭ ne rigardis eksteren. Ja estus ĝene se pluvus, mi devos esti ekstere la tutan tagon."

"Ne, ne pluvas" la kuracisto diris sen troa atento al tiu fakto. "Sed moŝto Valerio vere konas vin, li antaŭĝojis revidi vin."

"Mi diru al vi..." sonis la malagrable kaverneca voĉo de Melito. "Mi diru al vi, ke mi neniam havis la honoron persone renkonti vin, sed mi scias ion pri vi kion vi certe ne povas imagi."

"Mi vere ne scius pri kio povas temi" la komercisto respondis absolute indiferente.

"Ĉu antaŭ tri monatoj?" Melito demandis. "Strebu memori: ĉu antaŭ tri monatoj vi ne pasis per via kaleŝo en la strato de la Malnova Landlimo?"

"Ba, povas esti" Schroder diris. "Ja povas esti, sed mi ne memoras ekzakte."

"Bone. Kaj ĉu vi ne memoras ke vi flankenglitis ĉe kurbiĝo, ke vi elvojiĝis?"

"Tio ja veras" la komercisto agnoskis, froste fiksrigardante la novan kaj nebonvenan konaton.

"Kaj ke rado elvojiĝis kaj ke la ĉevalo ne sukcesis revenigi ĝin?"

"Jes ja. Sed vi, kie vi estis?"

"Ha, poste mi diros tion al vi" Melito respondis, ekridegante kaj okulumante al la kuracisto. "Kaj do vi desupris, sed ankaŭ vi ne sukcesis eltiri la kaleŝon. Do diru, ĉu ne estis tiel?"

"Jes ja. Kaj pluvis per siteloj."

"Ege pluvis, damne!" moŝto Valerio respondis, kontentege. "Kaj dum vi penadis, ĉu ne antaŭenvenis kurioza ulo, longa viro, tute nigra vizaĝe?"

"Baf, nun mi ne bone memoras" Schroder interrompis. "Pardonpetojn, doktoro, sed ĉu tiuj hirudoj bezonos ankoraŭ multe da tempo? Ili jam ŝvelis kiel bufoj. Sufiĉe por mi. Kaj krome mi ja diris al vi, ke mi havas multajn farendaĵojn."

"Kelkajn pliajn minutojn!" la kuracisto instigis. "Iom da pacienco, kara Schroder! Poste vi sentos vin renaskiĝinta, vi vidos. Ankoraŭ eĉ ne estas la deka, damne, vi havas tiom da tempo kiom vi bezonas!"

"Ĉu ne estis alta viro, tute nigra vizaĝe, kun stranga cilindra ĉapelo?" moŝto Valerio insistadis. "Kaj ĉu li ne havis iaspecan sonorileton? Ĉu vi ne memoras, ke ĝi sonoradis?"

"Bone: jes, mi memoras" Schroder respondis malafable. "Kaj, pardonpetojn, kion vi celas?"

"Ja nenion!" Melito diris. "Tio estis nur por diri al vi, ke mi jam konis vin. Kaj ke mi havas bonan memorkapablon. Bedaŭrinde tiun tagon mi malproksimis, trans fosaĵo, mi estis almenaŭ kvincent metrojn for. Mi estis sub arbo por ŝirmi min de la pluvo kaj mi povis vidi."

"Kaj do kiu estis tiu viro?" Schroder demandis akre, kvazaŭ li volus komprenigi, ke se Melito havas ion direndan, plej bone ke li diru tion tuj.

"Ha, mi ne scias kiu li estis, ĝuste: mi vidis lin de malproksime! Diru do vi, kiu li estis?"

"Kompatinda malfeliĉulo, verŝajne" la komercisto diris. "Surdamuta li ŝajnis. Kiam mi petegis, ke li venu helpi min, li kvazaŭ jelpis, mi ne komprenis eĉ unu vorton."

"Kaj do vi iris al li, kaj li malantaŭenpaŝis, kaj do vi prenis lian brakon, vi devigis lin puŝi la kaleŝon kune kun vi. Ĉu ne okazis tiel? Diru la veron."

"Kiel tio rilatas al la afero?" Schroder rebatis suspekteme. "Mi faris al li nenion malbonan. Tute male, poste mi donis al li du lirojn."

"Ĉu vi aŭdis?" Melito flustris mallaŭte al la kuracisto; poste, pli laŭte, turnante sin al la komercisto: "Nenio malbona, kiu neas tion? Sed agnosku ja, ke mi ĉion vidis."

"Estas nenia kialo por agitiĝi, kara Schroder" la kuracisto diris, rimarkinte tiam la malbonan mienon de la komercisto. "Nia elstara moŝto Valerio, ĉi tie ĉeestanta, estas ŝercemulo. Li volis simple mirigi vin."

Melito turniĝis al la kuracisto, kapjesante. Pro la movo, la mantelaj randoj malfermiĝis iomete, kaj Schroder, kiu fikse alrigardis lin, paliĝis.

"Pardonpetojn, moŝto Valerio" li diris, multe malpli aplombvoĉe ol kutime. "Vi kunportas pistolon. Vi povintus lasi ĝin sube, ŝajnas al mi. Ankaŭ en tiuj ĉi regionoj tia estas la kutimo, se mi ne eraras."

"Je Dio! Pardonu min, vere!" Melito ekkriis manfrapante sian frunton por esprimi bedaŭron. "Mi vere ne scias kiel pardonpeti! Mi komplete forgesis pri ĝi. Mi neniam kunportas ĝin, kutime, tial mi forgesis. Kaj hodiaŭ mi devas foriri ĉevale al la kamparo."

Li ŝajnis sincera, sed fakte li plu tenis la pistolon ĉezone, plu kap-skuante. "Kaj diru" li aldonis plu parolante al Schroeder: "Kian impreson faris al vi tiu kompatindulo?"

"Kian impreson li povus fari al mi? Kompatindulo, malfeliĉulo."

"Kaj tiu sonorileto, tiu daŭre tintanta aĵo, ĉu vi ne demandis vin kio estas tio?"

"Nu" Schroder respondis, pesante siajn vortojn pro antaŭsento pri ia insido. "Trampo li povis esti; por altiri homojn, multfoje mi vidis ilin tintigi sonorilon."

"Trampo!" Melito ekkriis, ekridegante kvazaŭ la ideo amuzegus lin. "Ha, ĉu vi kredis lin trampo?" Schroder turniĝis al la kuracisto, incitite. "Kio tio estas?" li demandis dure. "Kion signifas tiu ĉi pridemandado? Mia kara Lugosi, tiu ĉi historio tute malplaĉas al mi! Klarigu, se vi volas ion de mi!"

"Ne agitiĝu, mi petas..." la kuracisto respondis, konsternite.

"Se vi volas diri, ke akcidento okazis al tiu ĉi vagabondo kaj ke mi kulpas, parolu klare" la komercisto daŭrigis per voĉo ĉiam pli laŭta.

"Parolu klare, miaj karaj sinjoroj. Ĉu vi celas, ke oni mortigis lin?"

"Mortigis, certe ne!" Melito diris, ridetante, komplete regante la situacion. "Kion vi enkapigis al vi mem? Se mi ĝenis vin, mi tre bedaŭras. La doktoro diris al mi: moŝto Valerio, venu supren ankaŭ vi, estas kavaliro Schroder. Ha, mi konas lin, mi diris al li. Bone, li diris al mi, venu supren ankaŭ vi, li ĝojos vidi vin. Mi tre bedaŭras, se mi impresis sintruda..."

La komercisto ekkonsciis ke lin superregis emocioj. "Male, vi pardonu min, se mi senpacienciĝis. Ŝajnis al mi preskaŭ laŭregula pridemandado. Se estas io, diru tion senceremonie."

"Nu" la kuracisto intervenis, tre prudente. "Nu: efektive estas io."

"Ĉu denunco?" Schroder demandis ĉiam pli memfida, dum li klopodis refiksi al siaj pojnoj la hirudojn kiuj sin malgluis dum la antaŭa koler-elverŝo. "Ĉu estas iu suspekto kontraŭ mi?"

"Moŝto Valerio" la kuracisto diris. "Eble pli bonas ke vi parolu."

"Bone" Melito komencis. "Ĉu vi scias kiu estis tiu ulo kiu helpis vin eltiri la kaleŝon?"

"Tute ne, mi ĵuras, kiom da fojoj mi ripetu tion al vi?"

"Mi kredas vin" Melito diris. "Mi demandas min nur ĉu vi imagas, kiu li estis."

"Mi ne scias, trampo, mi pensis, vagabondo..."

"Ne. Ne trampo li estis. Aŭ, se iam pli frue li estis, tiam ne plu. Tiu viro, por diri tion klare al vi, estas io kio komenciĝas per L."

"Io kio komenciĝas per L?" Schroder ripetis aŭtomate, serĉante en sia memoro, kaj tim-ombro sterniĝis sur lia vizaĝo.

"Jes. Tio komenciĝas per L" Melito konfirmis, kun malica rideto.

"Latrono? Ĉu vi celas tion?" la komercisto diris, dum lia vizaĝo eklumis pro la certeco ke li divenis.

Moŝto Valerio ekridegis: "Ha, latrono! Tre amuze! Vi pravis, doktoro: tre sprita homo, ĉi tiu kavaliro Schroder!" Tiam pluvbruo ekaŭdeblis trans la fenestro.

"Mi ĝisas vin" la komercisto diris seke, deprenante de si la du hirudojn kaj remetante ilin en la bokalon. "Nun pluvas. Nun mi iru, alikaze mi malfruos."

"Io kio komenciĝas per L" Melito insistis, mem ekstarante kaj manumante ion sub sia vasta mantelo.

"Mi ne scias, mi ja diris al vi. Divenludoj ne estas afero por mi. Decidiĝu, se vi havas ion direndan al mi... Io kio komenciĝas per L?... Landskneĥto[3], eble?..." li aldonis moktone.

Melito kaj la doktoro, starante, estis apudiĝintaj unu al la alia, apogante siajn dorsojn al la pordo. Neniu el la du plu ridetis. "Nek latrono nek landskneĥto" Melito diris malrapide. "Leprulo li estis."

La komercisto alrigardis la du virojn, mortpala.

"Kaj do? Eĉ se li estus leprulo?"

"Certe bedaŭrinde li estis" la kuracisto diris, klopodante timeme ŝirmi sin malantaŭ la ŝultroj de moŝto Valerio. "Kaj nun ankaŭ vi estas."

"Sufiĉe!" la komercisto ekkriis kolertreme. "Iru for! Ĉi tiajn ŝercojn mi malŝatas. Iru for, vi ambaŭ!"

Tiam Melito eligis el sia mantelo pistoltubon. "Mi estas la alkado, kara sinjoro. Trankviliĝu, estas pli avantaĝe por vi."

"Vi vidos kiu mi estas!" Schroder kriis. "Kion vi volus fari al mi, nun?"

Melito atente rigardis Schroder, preta preventi eblan atakon. "En tiu skatoleto estas via sonorileto" li respondis. "Vi tuj foriros kaj tintigados ĝin, ĝis vi estos elirinta el la vilaĝo, kaj poste plu, ĝis vi estos elirinta el la regno."

"Sonorileto! Vi vidos!" Schroder rebatis, kaj klopodis plu krii sed lia voĉo estingiĝis engorĝe, la hororo de tiu rivelo frostigis lian koron. Finfine li komprenis: la doktoro, kiam li ekzamenis lin la antaŭan tagon, eksuspektis ion kaj iris averti la alkadon. La alkado hazarde estis vidinta lin preni la brakon, tri monatojn antaŭe, de preterpasanta leprulo, kaj nun li, Schroder, estis kondamnita. La historio pri la hirudoj utilis por gajni tempon. Li aldonis: "Mi iras sen bezono je viaj ordonoj, kanajloj, vi vidos, vi vidos..."

"Surmetu vian jakon" ordonis Melito, kies vizaĝo eklumis pro demoneca komplezemo. "La jakon, kaj poste tuj for."

"Atendu ke mi kunprenu miajn aĵojn" Schroder diris, ho kiom malpli fiere ol antaŭe. "Tuj kiam mi estos enpakinta miajn aĵojn, mi iros for, estu certaj pri tio."

"Viaj aĵoj devas esti bruligitaj" la alkado avertis rikane. "La sonorileton vi prenos, kaj ŝufiĉe."

---

3 *Landskneĥto*: germandevena piedsoldato, servanta por iu el pluraj eŭropaj regnoj de la 15-a ĝis la 17-a jarcento: *landskneĥtoj kun halebardo perplekse rigardis la kurieron*, en Miĥail Bulgakov, trad. Sergio Pokrovskij, *La majstro kaj Margarita*, Sezonoj, Jekaterinburgo, 1991, ĉapitro 22, p. 222. Vidu ĉe: reta-vortaro.de/revo/dlg/index-2f.html#landsknehxt.0o

"Miajn aĵojn almenaŭ!" ekkriis Schroeder, kiu ĵus ankoraŭ estis tiel kontenta kaj sentima; kaj li infanece petegis la oficiston: "Miajn vestaĵojn, mian monon, lasu almenaŭ ilin al mi!"

"La jakon, la mantelon, kaj sufiĉe. La cetero devas esti bruligita. Pri la kaleŝo kaj la ĉevalo oni jam zorgis."

"Kio? Kion vi celas diri?" la komercisto balbutis.

"La kaleŝo kaj ĉevalo estis bruligitaj, kiel ordonas la leĝo" la alkado respondis, ĝuante lian senesperon. "Vi ne imagos ke leprulo rondirus per kaleŝo, ĉu?" Kaj li ekridegis vulgare. Poste brutale: "For! For de ĉi tie!" li ekkriis al Schroder. "Ne imagu ke mi restos ĉi tie horojn por diskuti! Tuj for, hundo!"

Schroder tremegis, kvankam li estis alta kaj dika, kiam li foriris de la ĉambro, sub minaco de la pistoltubo, kun falanta makzelo, hebeta rigardo.

"La sonorilon!" kriis al li ree Melito, eksaltigante lin; kaj li ĵetis antaŭ lin, surplanken, la misteran skatoleton, kiu resonis metale. "Eltiru ĝin kaj pendigu ĝin ĉirkaŭ vian kolon!"

Schroder kliniĝis, pene kiel maljuna kadukulo, prenis la skatoleton, malligis la ŝnuretojn, eltiris el la envolvaĵo kupran sonorileton, kun tornita ligna mantenilo, tutnovan. "Ĉirkaŭ vian kolon!" Melito kriis al li. "Se vi ne rapidiĝas, je Dio, mi alpafos vin!"

La manojn de Schroder skuis tremado kaj ne estis facile plenumi la ordonon de la alkado. Tamen la komercisto sukcesis ligi ĉirkaŭ sian kolon la rimenon ligitan al la sonorilo, kiu tiel pendis sur lia ventro, sonorante je ĉiu movo.

"Prenu ĝin enmane, skuu ĝin, je Dio! Vi sukcesos, ĉu? Fortikulo kiel vi. Rigardu, kiel bela leprulo!" moŝto Valerio kruelis, dum la kuracisto rifuĝis en angulo, konsternite de la naŭza okazaĵo.

Schroeder, paŝante kiel malsanulo, ekiris ŝtupare malsupren. Li balancis sian kapon tien kaj reen kiel iuj kretenoj renkonteblaj sur grandaj stratoj. Post du ŝtupoj li turnis sin serĉante la kuraciston kaj fikse alrigardis lin en la okulojn.

"Ne mi kulpas!" doktoro Lugosi balbutis. "Okazis malfeliĉo, granda malfeliĉo!"

"Antaŭen, antaŭen!" intertempe la alkado instigis lin kiel beston. "Skuu la sonorileton, mi diras, homoj devas scii ke vi alvenas!"

Schroder daŭrigis laŭ la ŝtuparo malsupren. Iom poste li aperis ĉe la gasteja pordo kaj malrapide trairis la placon. Dekoj kaj dekoj da homoj spaliris ĉe lia paso, retiriĝante malantaŭen dum li alproksimiĝis. La placo estis granda, pene trairebla. Per rigida gesto li nun skuis la sonorilon, kiu klare kaj festeme tintis; tin, tin, ĝi sonis.

# Enigmo propra

### de Manashi Dasgupta
(el la bengala tradukis Probal Daŝgupto)

Manashi Dasgupta naskiĝis en 1928 en Bengallando, provinco en la Brita Hindujo. En 1939, pro familiaj cirkonstancoj klarigitaj en ŝia aŭtobiografio *Mi juna* (Esperantaj Kajeroj, 1989), ŝi devis forlasi la lernejon kaj aŭtodidakti hejme ĝis la abiturientiĝo. La rajton plu studi ŝi ŝuldis al pli aĝa frato, kiu pretis pagi la kostojn. Ŝi elektis kiel altlernejan ĉefobjekton la filozofion, kiun ŝi plu studis en la universitato de Kolkato, kie ŝi magistriĝis unue en tiu fako (1951) kaj poste ankaŭ en la psikologio (1954). Tiun studadon ŝi daŭrigis en la usona universitato Cornell en Itako, Novjorko. Tie ŝi doktoriĝis pri la psikologio en 1962; ŝia disertacio portis la titolon *luj determinantoj de la prijuĝo de la "intereseco"*. Ŝi kutimis diri pri tiu verko, resume: "Mia tezo estis ke pri ĉiu renkontito ni private verkas por ni malnetan rakonton, kaj ke foje ni trovas ke ni ne sukcesos finverki tiun malneton krom se ni akiros pli da konoj pri la persono. Tiu niaflanka nekompleteco de la rakonto kondukas nin al la penso: *Ha, jen interesa homo!*"

Post la reveno al Kolkato, ŝi laboris unue kiel psikologo en konsilista centro por infanaj pacientoj, kaj ekde 1963 kiel direktorino en la porvirina altlernejo Shri Shikshayatan, kie ŝi ankaŭ instruis pri siaj fakoj. En tiu rolo ŝi partoprenis en 1964 trimonatan studprogramon en Usono tajloritan por triamondaj individuoj en gvidaj postenoj. Parte pro tiu sperto, la Usona-Barata Eduka Fondaĵo (USEFI) dungis ŝin kiel regionan direktorinon (1967); ŝi trovis la aliron de la estraro al la rajtoj de malaltklasaj emeritiĝantoj malhumana kaj transiris, en 1969, al la reinvitanta altlernejo Shri Shikshayatan. Sekvis pionira laborado kiel speciala direktorino en la instituto por esplorado pri Robindronath Tagor nomata Rabindra Bhavana, en la (de Tagor fondita) universitato Visva-Bharati, Santiniketan. Tie ŝi estis komisiita modernigi la aranĝojn, precipe tiujn kiuj rilatis al la arkivigo de dokumentoj kaj aliaj konservendaĵoj. Demisiinte en 1982 de la posteno en Santiniketan, ŝi ekloĝis en Kolkato kun la historiista edzo (emeritiĝonta en 1985) kaj koncentriĝis pri la verkado. En 1988-89, ŝi kelkajn monatojn vizitprofesoris en Usono kaj aktualigis sian komprenon precipe pri la tiea pluiro de la inisma movado.

Esperanton ŝi eklernis fragmente en 1969, pro japana gasto vizitanta ŝian esperantistan filon hejme, kaj plulernis serioze en 1984-85, kiam aperis en Bengallando organizita movado. El ŝiaj tekstoj aperis dum ŝia vivo du libroj, *Mi juna* (Esperantaj Kajeroj, 1989) kaj *Dormanta hejmaro* (FEL, 2006). Posteume jam aperis tri noveloj (*Birdo nomata kropsio* en *BA41*, kaj *Asketiĝoj* kaj *Morto de migrulisto* en *BA44*) -- ĉio en traduko de ŝia filo Probal. La ĉi-kajere publikigita kvara novelo heroldas la baldaŭan aperon ĉe Mondial de ŝia libro *Ses trovnoveloj*, ciklo da rakontoj en kiuj ĉefrolas la "trovista" figuro Ŝomita Ĉoŭdhuri. – *Red.*

Ankoraŭ en la mateno la pluvo daŭras. La tagon ĝi ligas al la nokto. Sufiĉos meti la vizaĝon sur la fenestron de la aŭto por ke ŝian vangon balzamu la puraj akvogutoj, akvo plene forlavinta la hieraŭan noktan polvon, akvo karesonta la vangon, la buŝon, la sinon.

Efektive estis varme hieraŭ. Terure varme. Je la deka matene, enfalante en la liton de la hotela ĉambro, Ŝomita ekpensis, *necesas tuj eliri por informiĝi, nepre necesas!* La penso tuj revenigas al ŝi memoron pri la juristika ideo de "klaŭzo pri severa suferigo" aplikita al ŝi, tiu ŝerca rimarko de Probhu, en tiu tago. En tiuj tagoj de flustroj kaj subkomprenigoj pri Roni. Post la matenmanĝo Probhu ne plu sekvis sian nove akiritan kutimon diri "Se vi volas liveri vian hodiaŭan tekston al la oficejo, do bone, ek! Ni veturos pere de via oficejo"; anstataŭe li direktis al ŝi oblikvan rigardon, plurfoje, kaj fine demandis, "Ĉu vi ne intencas oficeji? Vi ankoraŭ ne pretiĝis ja."

Temis ĉe Probhanĝon pri lia nova altrangeco, pri la nova fiero pro la nova aŭto. Ŝomita kompreneble ja ne kutimis pri io tia rekte komenti. Ankaŭ tiun tagon ŝi restis ĉe sia kutimo, kaj nur diris, "Prefere mi ne iru tien hodiaŭ. La skribaĵo, nu, verdire ĝi ankoraŭ bezonas –"

Tuj interrompis ŝin Probhu, ridegante: "Fakte estas varmege hodiaŭ, ĉu ne? Se vi estus okcidentana edzino, vi jam krisignus la veteron kaj citus la "klaŭzon pri severa suferigo" por pravigi ke vi fuĝu el nia lando. Ve, Ŝomita, ĉu do *via fortuno haltas / pro tiu obstakleto?*"

"Kiel senrilate vi parolas. Mi volis diri nur –"

"Vi estis diranta ke ankoraŭ ne finbakiĝis tiu via skribaĵo, ke ĝi restas ĉe la bakmezo, jen ĉio, ĉu ne", li daŭrigis, imitante la anglalingve farĉitan stilon de ŝia kunularo. "Bonvolu perfekte fini la bakadon, blovas al vi la zefiro de ĉiu mia bondeziro. Kompreneble ne miajn bondezirojn vi bezonas, kara, ĉio jam prosperas al vi."

Dum Ŝomita metis la hele oranĝan vekhorloĝon apud la orelo kaj ekpretis por nekutimhora dormeto en sia hotela ĉambro, ŝi trovis sin pelata al la penso ke jam tiam estis nepre rompiĝonta ilia geedza nesto. Pri Roni ja ne temis, tio estis nura preteksto. Oni fakte diru ke eventuale tiu ilia nesto eĉ ne formiĝis.

Ĉiufoje post la vekiĝo Ŝomita bezonas kelkajn momentojn por konstati precize kie do rompiĝis la ĵusa dormo. Lastatempe, aŭ prefere diru lastepoke, iom tro multe da deva vojaĝado sin trudis en la horaron. Iom tro ofta. Ĉi-semajnan Kolkaton sekvas semajnfina Bangaloro. Jam la postan semajnon necesos deĵoreti en Mumbajo. Tiel ja daŭras la cirko.

Oni kurkuras, sed maskas tion per la senmanka ŝajnigo ke oni senhaste venis vizite; tiastile oni vojaĝas de landfino al landfino por prikompreni unu personon, foje por ordigi la tutan fadenaron de iu enigmo solvata. Ĝuste tian procezon de formiĝo de serioza raporta teksto Ŝomita ĉiam komprenis mem, kaj celis komprenigi al aliaj; ĉi tiu stilo de laboro vere estas ŝia stilo. De kiam ŝi demisiis de la organizaĵo de tiu sinjoro Ŝitol, la tagordo plene konformas al ŝia ritmo. Jes, sendube, sed foje la deoj kaj aloj en tiu moviĝado tro rapide taktas. Tial, post la eldormiĝo, kelkajn sekundojn nun necesas elspezi por konsciiĝi sin kie do, en kia ĉambro ŝi troviĝas. Ĉu iu tie restadas kun ŝi, aŭ ŝi estas sekure en la propra, solopa privateco? Jen telefono kiu sonoras. Ĉu la voĉo kiun ĝi venigos de la alia fino apartenos al persono komprenema? Al iu parenco? Al iu agresema kaj senceda kontraŭulo? Dum ŝi privolvis sian nudon per negliĝo kaj ligis ties luksan zonon, ĉi tiuj pensoj flosis al ŝi en la kapon laŭ nebula sinsekvo. "Saluton."

La hotela akceptejo tamen ankoraŭ ne finis interparoli kun la telefonanto, *Saluton, parolas New Kenilworth denove. Ĉu vi petis Ŝomitan Ĉoŭdhuri? Jes. Parolu ĉi tie, mi petas!* "Saluton."

"Saluton," Ŝomita estis devigata diri denove.

"Ŝomita, diru: kiu parolas al vi?"

Ŝi malforte ridis en la telefonon. Eĉ se ŝi sukcesos diveni, al kiu tio helpegos, kaj kiel do, sinjoro alparolanto? Kial vi ludas samstilan ludon ripete, ripete?

"Jes, vi iras ĉien por malnodi misterojn de aliaj, sed vi ne povas do rekoni propran homon?"

Ŝomita provis leĝeran replikon: "Ĉu oni do iam havas propran homon ja?"

"Eks pri tiaj filozofumoj. *Se vi ŝtelire kaŝas*, tion ni ne akceptos."

"Ne *kaŝas*, sed *paŝas* – se vi ŝtelire *paŝas*, Probhanĝon, ĉu vi do senhalte erare citadas plu?"

"Nu, ankaŭ vi senhalte lecionadas, estimata instruistino." Lian laŭtan ridadon atestis la telefona kanalo. La ridadon Ŝomita konformeme partoprenis, kvankam ne estus verkonforme diri ke ŝi aktuale troviĝas en leĝera humoro. Estis ja agrabla ŝia ĉambro malvarma, perkurtenite malluma; malgraŭ la sento esti longe dorminta, fakte antaŭ nelonge ŝi sin ĝisŝaŭme, ĝissate banis per luksa sapo; tra la duonfermita pordo, la apudsalona banĉambro sendadas la nevanuintan odoron ĉi tien kaj dolĉigas la aeron. Tamen ĉion ĉi ĵetas fonen unu malglataĵo, kiu en formato demanda jukas ŝin surlipe: pri kio do temas, kial la subita telefonvoko?

Sed starigi tiun demandon ne eblas. Tri jarojn pli frue, ankoraŭ ne disiĝintaj, ili foje rajtis interŝanĝi tiajn malĝentilajn eksplicitaĵojn, sed de post tiam, ne, tute ne penseblas. Ĝuste por ĉion tion eviti oni disiĝis. Tion Ŝomita atente memoras. La antaŭan fojon Probhu – Probhanĝon – subite agis tiamaniere ke oni certe ne povas diri ke li tion memoras same konstante. Kiel ajn, li nun reprenis la parolon, necesas ja aŭskulti liajn vortojn.

"Kiamaniere mi entute eksciis ke vi venis al la urbo kaj restadas en ĉi tiu hotelo? Vi eĉ ne tion demandis ja!"

Ĉi-foje Ŝomita decidis ne allasi ke li gajnu la ludon. Ŝi diris, "Se ĉiun informon mi devu perdemandi, ĉu mi ne perdus la rajton labori en sondesplora agentejo? Pensu nur!"

Ĉu ankaŭ telefone eblas rimarki ies paliĝon? Verŝajne eblas. Kiam Probhanĝon diris "Nu", li sonis paliĝinta. Tamen li tuj sukcesis kun aplombo diri, "Ŝomi – pardonu, Ŝomita, ĉu mi rajtas iomete renkonti vin? Ĉu vi havas tempon?" Poste li aldonis: "Nenian tian dramon mi lanĉos ĉi-foje, ne estos kiel la antaŭa fojo. Mi ĵuras!"

Per granda fortostreĉo ŝi venkis sian heziton. "En la vespero mi havas proksimume unu horon da libera tempo."

"Un-nu hor-ron-nn! Preter ĉiaj revoj!! Mi nepre ve-"

"Renkontu min en Skyroom."

Bremsiĝis lia entuziasmo. "En Skyroom? Kial do?"

"Estos konvene. Je la sesa – mi celas, kun kvinminuta marĝeno de eraro, necesos trafi tien post pluraj aliaj lokoj, ĉu ne?"

"En ordo. Temos do pri Skyroom. Je la sesa. Precize."

Ĉi tiu restoracio Skyroom aĝas ne malmulte da jaroj sed ankoraŭ ne plene perdis sian junecon. Unuafoje Ŝomita vizitis ĝin en tago tre memorinda en ŝia vivo. Ne pri la edziniĝo temis, certe ne. Tempe de sia geedziĝo tiu paro apenaŭ havis seriozan enspezon. Ili eĉ ne strebis perlabori pli – nu, eks pri tiuj kromtemoj. Kiel ajn, en tiu epoko la ideo viziti Skyroom por manĝe plezuri tute ne venus al ili en la kapon. Longan tempon poste, kiam firmiĝis ŝia interkonsento kun la gazeto *Nova Limo*, tiun tagon ŝi vokis, jes, ŝi mem telefone invitis Probhanĝonon al ĉi tiu restoracio. Li ja ne volonte lasis sian laboron por veni ĉi tien, komprenebe. Feliĉe, iu laboreja bezono devigis lin ĉiu-okaze viziti la Azian Societon, kaj tial Ŝomita sukcesis persvadi lin veni ankoraŭ kelkdek metrojn por tagmanĝi kun ŝi en Skyroom.

"Kara, sciu ke mi sukcesis plaĉi al John Bull!"

Probhanĝon elektis tute senemocian, sagacan tonon por reagi: "Eks pri tiuj blankulen direktitaj spritaĵoj. Kion do ili proponis, serioze? Pri la laborhoraro, ekzemple? Ĉu krom vi troviĝis tie aliaj kandidatoj?"

Li ne allasos ke ŝi rakontu proprastile. Estas mendite ke liaskeme ŝi prezentu la tuton. Jen kion preferas Probhanĝon. Nur tiu prefero ŝajnas al li entute pensebla; tial li neniam komprenis kial do ŝi ne trafis kontentiĝi pri la laborado ĉe s-ro Ŝitol. Nekompreno plene atendebla. Se ĉe s-ro Ŝitol laborus Probhanĝon, li sendube dekomence supozus ke ĝuste s-ro Ŝitol decidados pri la prezenta linio de sia propra revuo, kaj ke ĉiuj ceteruloj havas nur la respondecon laŭmende liveri ingrediencojn por liaj celoj. Ŝomita estis inter tiuj ceteruloj, nenio pli. Ion tian li eĉ diradis! – "La virinoj deziras ĉie havi tro da elstareco, jen la kerna problemo. Vidu, tiom da homoj laboras en la sama loko, neniu alia kolizias kun Ŝitol, ĉu ne? Vi, necesas kompreni, kvankam li iel-tiel donadas al vi plenan menuon da reliefeco, kiom ajn li penu, mi volas diri, vi ŝajnas neniel senti vin plene aprezata." Tio ke li per rideto tuj klopodis stompi siajn vortojn – tiu lia gesto plej forte vundis Ŝomitan. Komence alparoli ŝin kvazaŭ ajnan reprezentanton de la ina specio kaj tuj poste tenerokule mieni kvazaŭ ŝi estus unike nur Ŝomita kaj dolĉe rideti – inter tiuj du ian kontraŭdiron ŝi perceptis, ne facile vortumeblan, tamen ĉagrenantan ŝin interne.

Malgraŭ tio, sojle al sia migro al *Nova Limo*, ĝuste lin ŝi estis invitinta ĉi tien. Ŝi ne sciis ke precize tiun tagon la fato elektis por ilia disiĝa movimento. La ario ekis ĉe la basaj tonoj de *se ŝi forlasas la organizaĵon Sitara, tiam evidente Ŝomita jam ne havas principojn plu*. Kaj poste –.

"De kiam vi atendas?" – Probhanĝon aperis kaj klinis sin iomete antaŭen, li ŝajnis tuj eksidonta sur la apuda seĝo.

Ŝomita flankenmetis la ŝalmon, unuglute malplenigis sian glason kaj liveris rideton. Tio estis la reago atendinda laŭ la konvencioj. Dum Probhanĝon sin instalas sur la seĝo, ŝi rapidgeste liberigu al si la frunton de la imagitaj haroj kaj eksidu tute rekte, kvazaŭ ŝi estus en intervjuo. Mankas nur ke ŝi elsakigu la ruĝan kajereton por rapide noti la punktojn.

"Ĉu vi jam mendis?"

"Mendis? Pladon? Ne, ne, kion vi volas?" Ial Probhanĝon sukcesis imagi ke Ŝomita estus anticipe mendinta por ili ambaŭ. Kial do subite ŝi mendus? Ĉu li vere fariĝas ĉiam pli nematura, aŭ eventuale li neniam entute plenkreskis? Ŝi do trompis sin mem kiam ŝi imagis, kvazaŭ revon pri ora fiŝo – kiam ŝi imagis ke Probhu, Probhanĝon, estas iu granda, grandioza. Iu pli granda ol ŝi, homo pli granda ol ĉiuj. El tiu agrabla revo ŝi ĉerpadis komforton longe, tre longe. Kiam la gazeto *Sitara* sendis ŝin al la okcidento por trejniĝi pri efikaj ĵurnalismaj metodoj, ankoraŭ tiam eblis al ŝi senĝene amuziĝi pro la piruetoj de la kunpasaĝero dumfluga. De kie venis tiu senĝeno? Ŝi sciis ke nenie ekzistas tia homo kiel Probhu, aŭtente homa, plene homa. Ja ne dia, tiuj komparoj kun dioj kaj alioj estas stultaj. Hom' tamen estu homo, punkto, fino!

Instaliĝinte sur la seĝo, do, Probhanĝon trarigardis la menuon. "Verŝajne ne ĉion ili disponigos nun. Estas tiel frue en la vespero ke vespermanĝon eventuale ili ne... – kion pri la fiŝo majoneza? Ĉu mi mendu ĝin?"

"Mendu kion vi deziras."

"Ne, mi celas, ankaŭ vi manĝos ĝin, ĉu ne?"

Iomete da seka rido provis sin peli preter la gorĝo de Ŝomita: kio do estas al Probhanĝon? Estas ja interkonsentite ke li lanĉos nenian tian dramon kiel pasintfoje – kaj kiel do li entute povus fari ion nun? La antaŭan fojon li estis veninta hejmen. Tie senpene eblis al li abrupte ekkapti ŝin kaj trudi al ŝi kunan piruetadon, aŭ en duone ironia kaj duone patosa tono insiste diradi, "Ŝomi, kara, unu fojon, ankoraŭ unu fojon. Jen bela penso, brila ideo, ĉu ne, kara, diru ke jes!"

Ŝomita ja ne pelus sian eksedzon al kortumo per akuzo pri stupro; krome, tio eĉ ne necesis. Ŝi havis la kapablon vanigi la manovron per kiu Probhanĝon esperis atuti. Ĉu li kredis ke ŝi restas kaptita en siaj novedzinaj monatoj? Ĉien ŝi devas iri; ŝi tial bezonas zorge tenadi sin senscepte ĉiam en sekureco – tiu *sekureco* pri kiu elokventas la reklamoj. Ŝi cirkulas en mondo kun viroj centope diversaĝaj kaj milope diversgustaj; kun ili ŝi devas moviĝi kaj intertraktadi; se ŝi eĉ erete elfalus el la reto de sekureco, tiam subite iu elana impeto iesa jam antaŭ longe haltigus poreterne la revon de Ŝomita karieri kiel memstara esplorĵurnalisto. Tial, aldone al siaj kutimaj sekureciloj, tiun nokton – post la foriro de Probhanĝon – ŝi refortigis sin psike per klistero. Por la senĝeno. Atingi tiun senton estas tre facile post sinpurigo. Unue iomete oni ĝenas sin. Jes ja, tute bonvene. Poste oni fordormas la tutan memoron. Ĉion ĉi tamen Probhanĝon tute ne scias. Tuj post tiu epizodo, dum la procezo sin malankri de la urbo Kolkato entute, Ŝomita nuligis la lukontrakton pri tiu apartamento. Plene ĉesis la respondecoj interŝanĝadi notojn pri la respektiva bonfarto. Ili ne plu renkontiĝis. Nek havis leteran kontakton. Ŝi ja ne plu estas kolkatano. La laboro devigas ŝin viziti jen Manilon, jen Novjorkon, jen Parizon; kiam pro la logiko de tiu sama laboro necesas resti enlande, ŝi loĝas en Mumbajo. En tiu sia unuĉambra hejmo ŝi permesis al si senbridan lukson. Iuj domposedantoj en la grandaj urboj nur nun finfine venis al la ideo arkitekti kaj mebli apartamentojn en stilo miksanta la baratajn kun la fremdaj elementoj, por produkti restadejojn allogajn al alte pagipovaj portempaj lugastoj; tiun modelon pensionan anticipis Ŝomita, kreante por si senpersone komfortan loĝejon. Ne temas pri io nesta aŭ festa – nur la rajton ripozi ŝi postulas tie, ripozi senmanke. Kial ja gravus ke ĝi daŭras nur mallonge – male, jen la ĉefa avantaĝo ja; ŝi rezervas antaŭ ol viziti Mumbajon, kaj liveriĝas al ŝi precize la portempa libero bezonata. Ĉu ne tre konvene? Se ial ŝi foje revenas al sia eksa urbo Kolkato, temas mallonge enhoteli. Se disponeblas pliaj horoj, ŝi do flugvizitas iun fraton aŭ iun amikon. Komprenelde abundas en Kolkato branĉoj de la parencara arbo de Probhanĝon; sed kiu el ili scivolas pri ŝia bonfartado, kaj kial scivolu ŝi pri ili?

Probhanĝon lude fingrumadis sian vizitkarton sur la tablo: "Tiun karton dezajnis por mi Bolu, ĉu ne ŝike? Kiel vi recenzas ĝin?"

Ne plej gravas la dezajno, se ŝi bone komprenas. Verŝajne tiu senkulpa, eleganta karteto celas interalie diskonigi la fakton ke Probhu utiligis siajn rilatulajn rimedojn tiel sukcese ke li nun apartenas al la Gazetara Klubo. Li demandis, "Ĉu vi ne prelegos en la Klubo ĉi-foje?"

"Ne. Tre malmulte da tempo mi disponas en Kolkato. Necesos afervizito al Kããdi."

"Post la Mumbaja-Alta naftejo via kuro kondukas vin rekte al Farakka, ĉu!" Li ridetis.

"Pli-malpli." Ŝi decidis aliĝi al la ridetado. Sed kion li vere celas? Kial do siajn verajn kartojn li ne metas sur la tablon? Ĉi tiuj leĝeraĵoj estas aperitivaj, bone, sed al kia revelacio?

Ilia manĝo jam alvenis. Ili gustumis la bonaĵojn dumbabile. "La filman industrion vi neniam degnis tuŝi, malgraŭ via supla stila paletro."

"Tiuj anekdotaj pecoj, tiuj intervjuoj, nu, ne plaĉas al mi verki tiajn."

"Dume rapide bakiĝas via romano, sendube."

Ŝi ne reagis. Per tiu oblikvaĵo Probhanĝon malferlis sian "Probhu"-velon. Li do ne povis ne diri tion. Kelkajn pliajn glutojn da manĝaĵo. Iometon da trinko. "Vi ankoraŭ restas sola, ĉu?"

"Same kiel antaŭe."

"Nome, troviĝas ĉiuj, sed ĉirkaŭtenas neniu."

Anstataŭ jesi aŭ nei, Ŝomita starigis demandon: "Vi ankoraŭ ne diras eksplicite – kion do vi celis komuniki ĉi-foje?" "Ĉu mi vokis vin por ion specifan diri? Tute ne. Vi gardas ĉe vi grandan fragmenton de mi. De tempo al tempo venas al mi ia scivolemo pri ĝia farto. Kio do estus direnda prie!"

Ŝi jam kviete movis glason da malvarma akvo antaŭ la lipojn. Malrapide sorbi la akvon estas plaĉe. Se post tiu parolo ŝi demandos "Kaj kion vi vidas", li diros ion kion ŝi parkere scias. Kiam en la antaŭdisiĝa epoko iliaj akraj interŝanĝoj atingis apogeon, li akiris la kutimon ofte alĵeti la etikedon "frostujo" por provoki de ŝi reagajn klarigojn pri siaj varmaj emocioj, pri la fakto ke en ŝia ĉeesto aliaj homoj ekĝojas. Tiam tuj fariĝis senlime abundaj la armiloj disponeblaj al Probhanĝon. "Aplaŭdon, bis, bis, eĉ pri Basu temas do? Bonege. Kaj la knabo nomata Nag, kial postrestas do tiu bubo? *Nur tion kion lasas aliaj adorantoj* vi devus permesi al li iom leki, ĉu ne, kara?" Kiamaniere ja aspektis lia vizaĝo en tiu momento, kaj la ŝia, sendube ankaŭ la ŝia. Kio okazadis al ili? Kio ja okazis al ili? Kial Ŝomita perdis la kapablon bridi la proprajn vortojn? Ŝi partoprenadis tiun konkurson kaj strebadis fini la senenhavajn dirojn per perfekta diraĵo kiu liveros al ŝi finan venkon. Eks, finfine vere eks pri tio. Ŝi rigardis rekte antaŭ sin, senpripense adoptinte sidmanieron rektan, kuraĝan kaj ne flankiĝantan. Teni en angulo de iu sia frostujo fragmenton el lia vivo ŝi nek volas nek povas, nek iam havis tian emon aŭ kapablon. Tamen kion oni atingus per tia sencela repliko! Kion do eblas atingi ja! Ŝiaj pensoj nun turnis sin al decido senŝancela: nek Skyroom nek alia loko estus valida elekto, ŝi simple ne plu konsentu senakompane vidalvidi kun Probhanĝon, jen ĉio. Se oni ial devos aranĝi renkontiĝon, ĝi nepre estu kolektiva, jes ja. Jen la optimuma solvo.

La kelnero estis jam metanta la telerojn sur la forprena pleto, kiam Probhanĝon elsakigis cigaredskatolon kaj ĝin metis sur la tablon. Post la foriro de la kelnero, ŝi aŭdis lin diri, "Ĉu vi eĉ ne vidas ĝin?"

"Sed mi ja ne fumas."

Eltirinte el sia dekstra poŝo cigaredskatolon kaj alumetojn, li ekbruligis cigaredon, dirante, "En tiu vi fakte ne trovos tian enhavon. Bonvolu ja malfermi ĝin."

La skatoleska albumo entenis kelkajn kolorajn fotojn. De virino kaj infano. Belajn. "Ĉu vi rekonas?"

"Estas Nondita. Kun ŝi vi kunloĝas ankoraŭ, ĉu?"

"Kunloĝi ne plu estas la vorto uzenda. Antaŭ kelka tempo ni geedziĝis. Konstantis ĉe ŝi la plendado pri la temo ido, ido. Post pripenso ni decidis iri laŭ la kutima vojo."

"Ĉu knabo aŭ knabino?" ŝi malhezitis demandi, post momento da pripenso. Ĝusta decido. Al Probhanĝon tial prosperis diri, "Knabo. Mi elektis la nomon Rangon. Bona elekto, ĉu ne? Elektante nomojn, la homoj ofte pretervidas la iksoran floron."

Redonante al li la fotaron, Ŝomita kapjesis. Jam mankis al ŝi la tempo. Necesis ĝisi kaj ekiri.

"Ĉu vi ne volas vidi lin?"

"Sed lin mi ĵus vidis, ĉu ne."

"Ne, ne, tio ja ne estas vidi. Se vi vizitos – ĉu vi do ne emas? Ej, vi vere ne emas, ĉu? Ni tamen denove estas geamikoj nun, ĉu ne?"

Ŝi certe agnoskas la validecon de tiu konstato. Sed – "La tempo mankas ĉi-foje, kredu min. Eble alian fojon, ĉu bone?"

"En ordo, bone do. Vidu, nenion mi trafis fari ja. La horoj iel-tiel subite elĉerpiĝis."

"Kion vi babilas! Kial jam nun elĉerpiĝus viaj horoj?"

"Atendu, kara, bonvolu lasi min paroli. Estas vere tiel. Mi scias ke mia tempo jam foriris. Estas malplenaj miaj manoj. Sed kun novaj manoj kaj piedoj jen alvenis nova homo sur la ludkampon, li ludos dum longa tempo. En tiuj manoj, piedoj, kapo, brusto troviĝas ne nur mi, troviĝas ankaŭ Nondita, kaj la diversaj li-ŝi-tiu-tiuĉi el tiom da generacioj niaj, el tiu mikspoto okazas iuspeca nova provo. Ĉu vi kaptas kion mi diras? Mi ne sukcesas trovi la vortojn. Sed se vi mem vidos, vi certe kapablos multege pli klere vortumi la tuton. Gravas ke oni vidu, ĉu ne?"

"Jes."

"Bonvolu vidi do. Ankaŭ vi, Ŝomi, vi bonvolu postlasi novan homon. Ne pensu ke mi prezentas petilon por mi mem, kiel ajn vi emas, bonvolu alvoki iun ajn dion por graci al vi."

Ŝi eksplode ridis, kaj tio finfine mallevis al ŝi la tension. "Vi do enŝovas nin en la fablon pri la vulpo kiu senvostiĝis kaj volis varbi ĉiujn vulpojn en la saman staton! Bone, al vi du alvenis infano. Troviĝas vi, pliege troviĝas via edzino, kaj sendube multaj aliaj parencoj kiuj vartas lin. Kaj aliflanke mi, mi estas homo sola. Unue mi devos elspezi amason da tempo, poste aperos tiu homido, kaj finfine temos pri la fakto ke edzinon mi nek havas nek povos iam varbi. Kiu do prenos la respondecon?"

"Ba, denove vi regurdas vian tedan polemikon."

"Sed via punkto mem estas regurdita, Probhanĝon, bonvolu unue pensi pri tio."

"Ne. Eblas alimaniere rigardi la aferon. Nepre eblas. Mi estas certa ke eĉ vi mem jam komencis rigardi ĝin alimaniere; nur pro via polemikemo vi nun ŝanĝas la vidpunkton." Dum li parolis, li reprenis sian fotaron kun tia ama zorgo kvazaŭ la fileton li singarde ekportus. Li plu parolis sen rigardi ŝin: "La novaĵoj, la raportado, la esplora prisondado – kio ja estas ĉio ĉi? Ĉu per tia laboro vi postlasas ion kio ne estas tedaj regurdoj? Bonvolu klarigi al mi, mi petas. Malkaŝante la fiplanojn de kanajloj, aŭ elmontrante la makulojn de la plej makulitaj friponoj, kion eksterordinaran oni do atingas, ne viditan pli frue, ne vidatan ĉiutage, kaj ne vidotan poste!"

La ekscitiĝo efikis sur la vortelektojn de Probhanĝon, kaj iom laŭtigis lian voĉon. Ŝomita reagis senakre: "Ĉio ja troviĝis, troviĝas, troviĝos. Nenion novan mi liveras ĉi tie. Sed kio sekvas el tio? Vi parolas pri infanoj; ĉu infanoj neniam ekzistis, ne ekzistas nun, aŭ ne plu ekzistos se mi ne liveros ilin?"

"Kial ili ne ekzistu do! Kompreneble ili ekzistos, sed la demando pri via livero – ve, kion mi diru ja. Klarigi eblas al tiu kiu vere ne komprenas. Sed se vi ŝajnigas vin stulta, kiel do mi povu atingi vin!"

"Do, ne havas sencon ke ni daŭrigu la gurdadon, ĉu ne?"

"Efektive, ne havas sencon," li diris, kaj per la maldekstra mano sencele movetadis la salujon sur la tablo, kio turnis lian atenton al la brulanta cigaredo en la dekstra mano; li ensorbis amaseton da fumo, kaj forĵetis la cigaredon, eĉ ne estinginte ĝin. Tiuj luksaj restoracioj bone konas diversajn ebriulojn, nekomprenantojn kaj frenezo-ŝajnigantojn. Iliaj cindrujoj tial entenas diskretan kvanton da akvo por ke forĵetitaj frakcioj de cigaredoj sendrame estingu sin mem. Vidante ke Ŝomita pretas foriri, Probhanĝon sentis la emon diri finan vorton: "Mi klarigis al vi kiamaniere rearanĝi al si la ludkorton. Neniam plu iu inter vi deklaru min kulpa pri tio ke mi disrompis la ludon kaj foriris."

Ŝi devintus senvorte foriri. Anstataŭe, ŝi faris la eraron diri, "Ĉu iu do deklaris vin kulpa?"

"Ĉiuj. Ĉiuj. Kiam via frato venis al mi por demandi –"

"Bone, do, ni lasu nun tiun punkton."

"Sed la punkton levis ĝuste vi."

"Mi ĝin retiras. Ĝis revido."

"Kaj la punkto reiros tuj kiam vi ĝin retiros, ĉu? Vi do pensas ke temas pri dorlotita hundeto via?"

Se vere tiu demando finus la konversacion, eble tiu ilia intervidiĝo ne trudus sin en la memoron de Ŝomita ĉi-matene. Sed ne tiuj estis la lastaj vortoj de Probhanĝon. Vidante ke ŝi efektive hastas por ekiri, li ial sentis koleron. "Ĉu tuj vi devos kuri por okupiĝi pri la dokumentoj? Pri la dokumentegoj? La respondeco prispioni la homojn ne meritas vian seriozan atenton, ĉu ne? Ĉu tiel sentrue sieĝas vin tiuj bagatelaj respondecaĉoj?"

La demandoj aperis nur el la fluo de la babilo. Tamen, antaŭ ol trafi la straton, Probhanĝon eĥis la vortojn de Ŝomita, dirante: "Nu, ĉiuokaze, fartu bone. En ordo, en ordo, mi retiras ĉiujn tiujn demandojn. Vi efektive jam scias ke ili ja ne estas demandoj. Ĉu ne?"

Ŝi ridis, kaj per gesto komunikis ke tiajn demandojn ne indas trakti serioze. Poste li reiris en la restoracion, dirante ke li sentas la bezonon ankoraŭ pasigi tie iometon da tempo. Eblas ke pro neatento li postlasis ion tie kaj liveris pretekston por tion kaŝi. Kiel ajn, tio ne koncernis ŝin. La promeson kiu akompanis la inviton de Probhanĝon li ja plenumis; jen tio kio gravas! Tio ke tute sen ekscesoj de kolero aŭ malkolero li allasis al ŝi sendrame forveni, tio ke ekde tiu vespero ĝis la hodiaŭa mateno li neniel provis kontakti ŝin, pro tio ŝi sentas sin sincere danka al li.

Se ŝi, malgraŭ tiu lia neĝenado, tamen bezonis iometon da pilola helpo por povi ekdormi, la klarigo kuŝas en la longa persistado de la varmego hieraŭ. Sinsekve irinte al pluraj lokoj, ŝi kunportis plenkorpon da urba varmego en la hotelon, kiom ajn oni klimatizu la ejojn. Kroma pluso estis la laco. Kiam oni estas ege laca, simple maleblas endormiĝi; tiun fenomenon Ŝomita spertis pli frue, kaj tuj rekonis. Aperas la komencaj gestoj, sed la dormo ne sukcesas traflui la tutan korpon, onia organismo strikas. En tiu ombra stato, ŝi havis malfacilon kompreni kial do ŝi sin trovas en tia paneo, kio do misiras!

Hodiaŭ matene, transirante la limon de Kolkato survoje al sia ali-urba rendevuo, ŝi apogas la vangon sur la vitron de la priplvata aŭto kaj iom pli klare ekmemoras la specifajn misirojn: temis pri iuj komentoj kiuj sin prezentis en demanda formato. Jes ja, Probhanĝon ne intencis ŝin ĉagreni aŭ ofendi, li efektive deziris retiri la demandojn, sed eventuale en tiu lia ĝentilemo enestis malpli da vero ol en lia pli frua komento; tial la demandoj montriĝis efektive ne retireblaj. Ili ja ne estis dorlotitaj hundetoj de iu ajn. Sendube nur tio klarigas la alie misteran fakton ke hieraŭ vespere, dum ŝi rapidis inter rutinaĵoj, rendevuoj, ekkontaktoj, kaj dum la strato kaj la ĝin flankantaj betonaj domegoj elspiris sian varmegon tra la vento sur ŝian sarion, en ŝiajn harojn, sur ŝian haŭton, ĉiuj tiuj demandoj ŝvebis, kiel la aero, sen konkreta ĉeesto. Sed tuj kiam ŝi eniris sian hotelĉambron kaj esperis povi ripozi en la komforta malvarmo, ili reaperis. Vole aŭ nevole, ŝi jam tiam senerare identigis la specion al kiu apartenas tiaj demandoj. Ili tute ne estas hundoj, dorlotitaj aŭ ne. Ili nek atakos vin per dentegoj nek kunkuros ĉe viaj piedoj dum vi iros. La demandoj estas kvazaŭ mismomente ekflugintaj birdetoj kiuj flugas ekstertrupe. De la arboj ili ripete revenadas sur la fermitajn fenestrojn, kiujn ili bekas; ili nek lernis serioze flugi, nek sukcesis aliĝi al trupo; tamen ĉi tiuj senatente lanĉitaj demandoj ne plu havis eblon reiri al la kaĝo kiun ili iam nomis sia hejmo. Ili anhelis tien kaj reen; la infanece senpacienca svingiĝado de la flugiloj longe akaparis la atenton de Ŝomita. Longe, lacige longe. Ŝi rifuzadis agnoski la insistadon de la demandoj kaj tial rezolute tenis la okulojn fermitaj, pensante ke nur pri laco temas. Por liberiĝi de tiu laŭdira laceco, ŝi ĝin rapide pritraktis per unu dormiga pilolo kaj unu glaso da akvo. Eliminu la noktan lacon por certigi dumtagan efikecon. Sukcesu trafi dormon celtrafe longan kaj ŝtipan, kaj jen! Nenion plian vi bezonos. La manko de bezono, tamen, ne malhelpas la eniron de sonĝoj en tiun rigore menditan dormon. La dormanton okupacias pensoj.

Probhanĝon venis por diri al ŝi ke necesas io plua. Iu potencialo estonta. Liberigi por tio la ludkorton, krei vojon uzotan de la postaj vivontoj. Kun la pilolo enbuŝe, kiam ŝi ankoraŭ ne fintrinkis la akvon, ŝiaj cerbumoj atingis tiun punkton. Kial vi malvolas graci aŭskulton al tiaj vortoj? Ĉu vi desegnis por vi definitivan mapon de mondo nete dividita, kie duono de la homaro similas al vi dum la alia duono similas al mi? Tra kaj preter tiomege da simiaĉoj venos la bonaj homoj, kiuj naskiĝos kaj repopolos la planedon, uzante neniun alian ol nin mem. Jen io amuza pri la fasonado de homoj. La elemento amuza.

Sur la cerbumojn de la dormanta Ŝomita ekfalis pluvo, komencante per gutoj grandaj. Tiu pluvo daŭras ĝis tiu ĉi mateno. Atendas ŝin amaso da taskoj plenumotaj. Kaj kunveturas kun ŝi tiu De-Ŝorkar. Estis pli frue interkonsentite ke li iros sola. Sed la aliĝo de Ŝomita Ĉoŭdhuri al la tagordero altigis la profilon de ĉi tiu misio. Li aspektas lerta, li donas la impreson jam scii kion li devos diri. Sed tuj post la enaŭtiĝo li

TRADUKITA PROZO

diris al ŝi ke li scias pri ŝia kutimo prefere silenti dum la vojaĝoj. Tial li tenas antaŭ si libron, kiun li evidente legas, li ne nur ŝajnigas ĝin legi. Li ne volas trudiĝi en ŝian privatecon. Bone, tute bone. Indus tamen doni al li iom da teo. El la korbo ĉe ŝiaj piedoj, ŝi elprenis varmbotelon. De-Ŝorkar fermis la libron kaj ekatentas. Estas kvazaŭ ilia sonda esplorado jam komenciĝus. Ŝi elkorbigis sinsekve du argilajn tasetojn neuzitajn, kaj ridetis: "Espereble ne ĝenos vin devi trinki teon el argilaj tasetoj?"

"Ĝuste tiu metodo estas la plej bona por la sano." Li formetis la libron kaj komunikas pozitivecon.

"Nia tuja celloko estas ĉe Bhoŭmik, ĉu ne?"

"Tie troviĝos ĉio, aranĝita en plena preteco. Ĉiuj jam atendas vin tie."

"Ha, ĉu! Sed mi pensis ke post mallonga paŭzo tie mi mem iros ientien kaj..."

Li hastas diri, "Absolute laŭ via bontrovo, sinjorino. Temas nur ke ili ĉiuj volas renkonti vin jam en la komenco. Kompreneble ĉiuj ege fidas al vi."

Akceptante per rideto tiun komplimenton, ŝi deflanke rigardas la pluvadon ekstere. Laŭdire ŝi kapablas en unu sekundo distingi inter honestulo kaj kontrabandisto. Ĉu ŝi vere kapablas tion? Ĉu ankaŭ manke de konscia fortostreĉo nepre trafos ŝian percepton la plej efikaj troviloj? Fakte ne. La konscian fortostreĉon ege necesas mobilizi. Por ĉiu tasko, senescepte. Nun, Ŝomita Ĉoŭdhuri, bonvolu mobilizi ĝin, vi havas seriozan taskon por plenumi. Enpense ĉanti la propran nomon efikas sur ŝin kuraĝige.

Sed la vido de la pluvado distras ŝian atenton. La pluvo hodiaŭ arogis al si la rolon de vojaĝkunulo. "Ĉu laŭ vi la pluvo finfine iam ĉesos hodiaŭ, s-ro De-Ŝorkar?"

Ridigis lin tiu infannivele naiva demando de sagaca virino: "Eĉ ne temu pri ĉeso ja! Post la alveno vi eble trovos ke en tiu urbo tute ne pluvis."

Ŝi ŝajnis cerbumi dum momento. Poste ŝi diris, "Kiel vi scias tion? Povas ja esti ke ni ĝin kunportos kun ni."

# Baldaŭ aperos ĉe Mondial:

Manashi Dasgupta:
## Ses trovnoveloj

Tradukis el la bengala Probal Daŝgupto

Rainer Maria Rilke:
## Letero al juna poeto

Tradukis el la germana A.Münz

Sergio Baldi:
## Vortaro Esperanto-Haŭsa
## kaj Haŭsa-Esperanto,
## kun enkonduko al la haŭsa mondo

## Ĉina eterna bukedeto
Poemoj klasikaj, en paralela prezento
esperanta-ĉina

Tradukis el la ĉina Wang Chongfang

REKLAMO

HUDSON-RIVER BRIDGE. AMERICAN BRIDGE COMPANY.

Propono por fervoja ponto ĉe la usona urbo Poughkeepsie, de Albert S. Bolles (1878)

# Poemoj

de D. Iacobescu
(el la rumana tradukis Ionel Oneţ)

D. (Dumitru) Iacobescu estas la pseŭdonimo de Armand Iacobsohn, rumana poeto kun judaj radikoj. Li naskiĝis en 1893 en la sudrumania urbo Craiova kaj mortis en 1913 en Bukareŝto. Li debutis 14-jara per poemo en revuo. Poste li publikigis poemojn kaj prozaĵetojn, plus tradukojn el Charles Baudelaire, Henry Wadsworth Longfellow, Stéphane Mallarmé, Albert Samain, Paul Verlaine en diversaj revuoj tiutempaj. La poemoj ĉi-sube estas prenitaj el lia sola volumo, titolita *Quasi* (Kvazaŭ), kiu aperis en 1930 (2a eld., 2014).

## Sonĝo nigra

Sur la placo sufokata de senluna nokto,
L' amaso kunpuŝiĝas, atendas sur pavim',
Kaj sub la nebulpluvo
L' ombreloj apertaj
Ŝajnas flugiloj nigraj en l' aer' ŝtoniĝintaj.

La trotuaroj plenas
Sed la placo dezertas,
Nur en la centr' altiĝas bizara eŝafod':
Du fostoj mincaj, nigraj,
Ronda malplen' – kaj supre,
Flamego blua en ŝtalaĵo katenita.

L' amas' senpacienca atendas en silento.

Silento.
Nur lontane
Ŝvebas la noktomezo kun deliraĵoj kupraj.

Sed, jen, el la mallumo aperas silueto
Proksime de l' estrado
Sur kiun soras vivo, de kiu sobas polvo,
Jen silueto longa, vestita tute ruĝe
Atendas...

Sed kiun, nu?

---

D. Iacobescu

Ve, kiu l' kompatinda
Kies vivspasmo nun por ĉiam glaciiĝos
Sub la flamego blua en l' aer' ŝtoniĝinta?

Kial
Sur min sin fiksas la rigardoj ĉiuj
Kun fulmaj ekbriletoj de timo kaj kompato?

Mi tremas, ve, mi tremas!
Malplenas l' arterioj kaj plenas tro la koro.
Mi volus krii – l' voĉo en la gorĝ' sufokiĝas.

........................................

Kruco min brakum-kisas,
Ekploras voĉo spasme,
Kaj mano min ektrenas...

La klingo falas, –
Sango... abismoj... mallumego...

**Fantazia nokto**

Vagadas mi sur stratoj fremdaj laŭ la trotuar';
Ĉirkaŭ mi: nigro, nigro,
Fajna, humida nigro kiel profund' de mar'.

Malofte, stratkruciĝe, iu moroza lampo
En dormo pordopinta
Kun la kor' vualita de tristo jam mortinta.

Regas ripoz' en domoj dum nur la geamantoj
Maldormas kaj la musoj...
Ĉirkaŭ mi: nigro, nigro.

Sed la nubaro, tamen, jen diserigas sin
La lun' malgajhumora aperas sur la fono.
     ... Mi miras dum momento...
            tremeto trafas min...
Hipnote mi eksvingas la brakojn kaj piedojn,
Kaj pli kaj pli obstina, stulta kaj rapida
Mi turniĝadas en la strat', turbo livida.
Mi volus la aeron ekmordi kaj eklukti
Kun l' ombro, la vakuo, l' silento, kun...

Sed ne!
Al domo ĵetas min
Elano nevenkebla.

Al tubo kroĉas mi min...
Mia piedo grimpas sur aerŝtupoj molaj,
Pli sor, pli sor...

Kunvenas lunatikoj sur domoj sen koloroj,
Skandadas la kataro tute frenezajn ĥorojn
Kaj nevidata mano de l' luno ĵetas florojn.

## Vesperaj tonoj

La kirk' estas malvarma kiel mino
Ekstere pluvas, pluvas...
                              tra l' pordoj malfermitaj,
Videblas la tombejo en ruino:
Polmo da grundo, folioj murditaj.

Vesperĉielo...
En ombroj kaj lumoj kuraj,
Kapricoj de la vakskandeloj
Sin sekvas sur la ĉerk' supernaturaj.

L' infano morta, la pop' kaj la patrin' –
Solaj.
Dormas l' infano, eble li sonĝmiras,
La popo murmurflustre nur deliras,
Kaj la patrino ploras senkonsola.

Kaj pluvas, pluvas...
                              perlorivero
Sur la tombejon velkan, en vespero, –
Kaj pluvas, pluvas...
                              kaj silento.
Ĉiele fulm' lumigas dum momento:
Ekstazo efemera rozkolora...

Tremetas la patrino kaj la popo...
La duonombro kiel bronz' sonoras...
Kuŝas en ĉerko l' infana korpo....

Ponto ĉe Libourne en Francio. Fotis Olivier Aumage (2006)

# Veronika kaj Paŭlo

de István Ertl

/Veronika kantas nevideble motivon el la hungara/juda popolkanto "Koko krias jam"/

**Paŭlo:** Eĉ nun vi foje aperas en mia imago, Veronika. Vi estis, vi estas, vi estos la vera.

**Veronika:** Mi gardas, Paŭlo, vian foton, ĉiam ĉe la koro.

**Paŭlo:** Kiam mi surprenis la taskon de ĉeforganizanto por la Budapeŝta Esperanto-kongreso en 1929, mi neniel pensis ke renkonto en Hungarujo povus konduki min al Estonujo, lando parenca sed tiel norda por ni, hungaroj.

**Veronika:** Kiam mi enskribiĝis por Esperanto-kurso de Andreo Cseh en Talino, mi ne povis scii ke, pli ol tiu impona pastro, ĉarmos min alia hungaro.

**Paŭlo:** Kiam ni enrigardis al ni en la okulojn en la Urba Parko de Budapeŝto...

**Veronika:** ... ni ambaŭ sentis ke ni estis kreitaj unu por la alia.

/eltiraĵoj el gazetraportoj pri Fraŭlino Esperanto, per voĉo en ĵurnalista ekscito/

**Veronika:** Ni ĉiam parolis ruse kun panjo, kvankam ni origine estas poloj. Sed post jardeko da sendependeco, ministeria oficistino kiel mi devas zorgi pri sia senriproĉa estona lingvouzo.

**Paŭlo:** En sia infanaĝo mia patro ankoraŭ aŭdis, sed ne plu parolis la jidan hejme. Iuj diras ke ni, hungaraj judoj, estas la malplej judaj judoj en la mondo. Laŭ mia patro tiu frazo ne estas koŝera. Eĉ pri Esperanto li diris: nu, bone, kial ne okupiĝi pri ĝi, ankaŭ ĝin faris, finfine, judo.

**Veronika:** Kiam Helmi Dresen diris al ni, koleginoj, ke eblos malaltkoste aliĝi al la kurso de pastro Cseh, mi hezitis. Por kio, do, lingvo artefarita? Sed ŝi aldonis: kursfinintoj povos viziti Hungarujon kun granda rabato. Kaj mi aliĝis.

**Paŭlo:** Mi ne plu memoras ĉu la ideo elekti dum la kongreso Fraŭlinon Esperanto venis de Andreo Cseh... Ne decus, por pastro... Sed maltipa pastro li estas, je ĉiu lingvokurso li postlasas rompitajn virinajn korojn. Ĉu por mi mem utilis tiu ideo, aŭ la sekvoj min pli dolorigis...? Eĉ nun, jardekojn poste, malfacilas diri.

*/Motivo el la kanto/*

**Veronika:** Kompreneble, Hilda Dresen estis la unua poetino kiun mi legis en Esperanto. Sed en la lastaj jaroj, foje tajpe kopiitaj, atingis nin versaĵoj de la anglino Marjorie Boulton. Min tuŝis la elegio por ŝia edzo... Ĉu ŝi do neniam havis edzon?

> *Mi serĉis vin silente, krie,*
> *ofte ridinda pro malsato,*
> *kie vi estas, kara, kie,*
> *ho edzo, kara nekonato?[1]*

**Paŭlo:** Mi neniam estis tro poeziema, kvankam inter la du militoj mi ofte vidis Kalocsay... Mi eĉ enviis lian edziĝon, kelkajn semajnojn antaŭ la kongreso... Sed nun, en mia maljuneco, foje mi legas poemojn. Kiel impresa, tiu juna Eli Urbanová... Legante ŝin, mi ekpensas ke eble ankaŭ en mia Veronika kaŝe bolis similaj sentoj...?

> *Li kaŝis la vizaĝon*
> *En mian dekoltaĵon...*
> *Li la ĉemizon al mi kuspis...*
> *Pri sia amo al mi flustris...*
> *Mi – mi ŝovis unu kruron*
> *Al li inter la femurojn...[2]*

**Veronika:** En Budapeŝto, mi oficiale fariĝis la plej ĉarma el cent esperantistinoj. Oni puŝis en miajn manojn tiun stultan pupon, taŭgan por dekjarulino. Oni fotis min jen folklore vestitan jen kun monduma diademo sur la kapo. De fronte, de flanke, el proksime, de distance. Ĵurnalistoj alpuŝiĝis kun demandoj... "Jes, mi ŝatas danci. Ne, mi ne parolas germane. Esperanton mi lernas de ok monatoj. Ne, mi ne planas baldaŭ edziniĝi."

Ĉu mi ne planis baldaŭ edziniĝi?...? Mi ŝatis danci kun Paŭlo en la kongresa balo. Sekretario de la kongreso, tre okupata... Oni vidis lin danci kun neniu krom mi. Nu, danci... iomete kiel urso, sed ĉarma urso.

*/La melodio, dance-gaje nun/*

---

1 El *Elegio por mia edzo*, de Marjorie Boulton.
2 El *Lasta amanto*, de Eli Urbanová.

**Veronika:** Kaj la tagon antaŭ la forveturo li proponis rendevuon en la urba parko. Ĉu mi pravis peti al kunulinoj akompani min? Videblis ke Paŭlo ĝeniĝis pro Eeva kaj Piret... sed mi ne volis ke cirkulu klaĉoj.

**Paŭlo:** Mi havis tridek sep jarojn, kelkaj viroj estas preskaŭ avoj je tiu aĝo... Mi aŭdis ke iuj parolas pri mi kiel "eterna fraŭlo"... Oni eĉ suspektis ke ne virinojn mi ŝatas... Do, kiom pli oni ekmokus se mi ĵetus min antaŭ la piedojn de la plej bela virino sed ricevus rifuzon...? Mi volis ke ĉio pasu diskrete. Mi ne supozis ke la reĝino de ĉarmo venos kun siaj korteganinoj.

**Veronika:** Se vi tiam petus mian manon, mi dirus "ne".

**Paŭlo:** Se mi tiam petus vian manon, ĉio okazus alie.

*/Melodio/*

*/Teksto pri la kondiĉoj de geedziĝo inter katolikoj kaj nekatolikoj/*

**Paŭlo:** Andreo Cseh ĉion aranĝis, tiom kiom li povis.

**Veronika:** Mia patrino ege impresiĝis pro la vizito de katolika pastro alilanda en nia hejmo. Ŝi apenaŭ kuraĝis sidiĝi en lia ĉeesto. Ankaŭ mi impresiĝis. Verdire, se li ne portus sutanon...

**Paŭlo:** "Mi klarigis al la patrino de Veronika ke hungaraj judoj estas multe pli evoluintaj ol judoj polaj" – raportis al mi Andreo. Ĉiam tiu vorto, "judo"... kvazaŭ "hungaro" ne estus jam per si mem sufiĉe fremda por estonoj! Sed necesis tiu klarigo, tiu amika helpo. Same kiel necesis certigi mian patron ke mi ne ĉesos esti judo eĉ se mi edziniĝos katolikan virinon.

**Veronika:** "Kara Paŭlo! Vi pravas, mi ne skribas al vi sufiĉe ofte. Eble ĉar tiaj estas ni ĉi tie en Estonujo, malmult-parolaj... Sed sciu ke mi neniam ĉesas pensi pri vi. Se imagi ke sen Esperanto ni neniam renkontiĝus... Jes, en la lasta vespero en Budapeŝto..."

**Paŭlo:** Mi veturigis vin al la hotelo aŭte, sen la amikinoj. Mi provis vin kisi, sed vi diris...

**Veronika:** Atendu, ni ankoraŭ ne estas geedzoj.

**Paŭlo:** Malgraŭ ĉio, tiu "ankoraŭ" sonis al mi promese, dolĉe.

**Veronika:** Mi diris "ankoraŭ", sed mi pensis "Nu, se vi petus ankoraŭfoje"...

**Paŭlo:** Mi ne kuraĝis insisti. Kaj poste mi metis po cent kisojn en ĉiun leteron kiun mi sendis al vi.

**Veronika:** Kelkfoje mi tamen demandis min: ĉu mi vere devas trovi la belan princon en Budapeŝto...? Longe atendi malcertaĵon? Paŭlo

---

ĉarmis min, mi povis imagi min lia edzino en fora lando... Sed, por diri la veron, foje mi povis imagi min edzino ankaŭ en Talino.

**Paŭlo:** Inter la kunorganizantoj de la kongreso estis Rozinjo, agema, plaĉa junulino. Iun fojon mia patro diris al mi: "Kial vi bezonas kuri ĝis Estonujo por trovi edzinon? Jen ĉi tiu Rozinjo, svatiĝu al ŝi. Restu ni inter judoj, malplios problemoj."

**Veronika:** Sed mi memoris viajn okulojn. Viajn manojn.

**Paŭlo:** Sed mi memoris viajn lipojn. Viajn okulojn.

Andreo Cseh bone klarigis ke ni devos pacienci. Kia bonŝanco ke li parolis al la Talina parokestro, kiu, se dependus nur de li, eĉ ne informus Veronikan ke por edziniĝo kun ali-kredano necesas permeso el Romo. Sed tiun permeson ni devis atendi dum longaj monatoj.

*/Muziko, ĉu la kutima ĉu io katolika ĉu ia aludo al Mendelssohn/*

**Veronika:** Pasis jam duona jaro ekde nia konatiĝo, kaj ni eĉ ne povis difini ankoraŭ la daton de nia nupto. Origine, mi volis forlasi mian postenon en la ministerio ĉe la jarfino, kaj, se eble, atingi ke mia fratino ĝin ekhavu. Tiel restus plu la sama subteno por panjo. Ja ne facilas vivteno por familio senpatra.

**Paŭlo:** Tiutempe ni ankoraŭ ne konis la esprimon "Granda Depresio", sed la ekonomia krizo atingis ankaŭ Hungarujon fine de la jaro. Persone mi ne povis plendi, sed mi ja devis pli koncentriĝi je mia negoco, kaj forlasi mian postenon ĉe la landa Esperanto-asocio. Pri tio lasta mi ne skribis al Veronjo: malpliigi la Esperantan parton de mia vivo sentiĝis kvazaŭ malfideli al ŝi.

**Veronika:** En siaj leteroj Paŭlo ofte malpaciencis pri la vojaĝo al Talino. Li jam planis ke li povos paroli kun panjo, ĉar li lernis la rusan lingvon en militkaptiteco. Li rakontis ke la ĉiam zorgema pastro Cseh eĉ konsilis lin pri la internacia trajnhoraro kaj pri la maniero akiri la necesajn vizojn. Sed la prokrastiĝo de la permeso el Romo kaj niaj aliaj problemoj...

**Paŭlo:** ...la problemoj ne bremsis mian fervoron. Simple, mi planis fari unu solan vojaĝon, kiun fine kronu nia geedziĝo.

**Veronika:** En la ministerio oni anoncis maldungojn por ŝpari. Mia posteno estus inter tiuj malaperontaj. La perspektivo por mia fratino fariĝis malcerta. Kaj tiam malsaniĝis panjo, ŝi apenaŭ forlasis la liton... Mi hezitis kiel kaj kiom skribi pri tio al Paŭlo.

**Paŭlo:** "Kara Veronjo, koro mia! Vi certe jam demandas vin kial mi ne tiom parolas al vi en miaj leteroj pri la evento kiun ni ambaŭ tiel senpacience atendas, kaj eĉ ne pri mia vojaĝo. Kredu ke ne pasas tago, eĉ horo, kiam mi ne pensus pri tiuj aferoj. Sed malfacilas nun lasi miajn negocojn sen priatento. Ĉiu groŝo kiun mi tiel perdus, estus perdita por via estonta bonfarto en nia komuna hejmo. Sed kiam fine venos la permeso el Romo, tiam nenio plu povos nin bari. Mil kaj unu kisojn, via sopiranta Paŭlo."

**Veronika:** "Kara Paŭlo, nenion mi deziras pli en ĉi tiu mondo ol vian alvenon al Talino. Nu, eble unu aferon tamen ja: la resaniĝon de Panjo. Ŝi ankaŭ diras ke ni ne povus dece akcepti vin en nia hejmo, des malpli aranĝi nuptofeston, dum ŝi devas resti enlite. Ni bezonas atendi elteneme. Mi tre volas revidi vin. Kisojn, via pacienca Veronika."

**Paŭlo:** "Ĉu la permeso el Romo finfine venis, Veroĉka? Mi ne estus surprizita, se la pastro de via paroko eĉ ne penus sciigi vin... Mi vere bezonas povi plani. Neniam la necesoj de mia negoco tiom postulis mian tempon kiel nun."

**Veronika:** "Karega Paŭlo, jen la plej bona novaĵo ekde nia konatiĝo: la permeso alvenis! Fakte, mi decidis persone iri kaj demandi, anstataŭ daŭre atendi informon... kaj mi pensas ke vi pravis! La pastro diris: 'jes, jen ĝi sur mia tablo'. Eble la permeso jam semajnojn kuŝis tie!"

**Paŭlo:** "Finfine, mi povas plani por la vojaĝo! Daŭros du tagojn per vagonaro tien, du tagojn reen. Mi timas ke mi ne povos resti en Talino pli longe ol kvin tagojn. Mi scias ke tio sonas senkore, sed kredu min, trezoro mia, ke ĉiel mi agas en la plej bona intereso de nia estonta kuna feliĉo. Ho, mi preskaŭ skribis: 'estona'! Jes, ankaŭ estona..."

*/muziko, unue gaje poste grade ĉiam pli triste/*

**Veronika:** "panjo mortis stop enterigo la 10-an de majo stop mi amas vin stop"

**Paŭlo:** "mi ploras kun vi stop mi amas vin stop tuj kiam eblos mi venos Talinen stop"

**Paŭlo:** "Vera mia, kiel esprimi kion mi sentas? En momento kiam ni kuraĝis sonĝi pri komuna feliĉo, tiel kruele la sorto vin frapas! Mi devas esti apud vi, por forviŝi almenaŭ unu larmeton el la fluo kiu nun inundas vian belan vizaĝon. Mi esperis ke mi telegramon sendos pri mia tuja alveno, sed jen tamen nur letero. La kialo estas alia letero, oficiala alvoko, kiun mi ricevis por aperi antaŭ tribunalo post semajno. Ĝuste nun, kiam tio estas plej doloriga, kiam mi volegus laŭpove konsoleti vin, mi devas prokrasti mian vojaĝon!"

*/kelkaj muziknotoj, funebre/*

**Paŭlo:** Plej stulta kaj embarasa afero – mi devus lasi ĝin al mia viculo, sed tiam ŝajnis ke la ekzisto mem de mia negoco estus en risko se mi ne persone priatentus la evoluon. Se mi tiam povus imagi la sekvojn...

**Veronika:** "Karega Paŭlo, ni enterigis Panjon. Ankoraŭ ne sekiĝis la larmoj, penigas min skribi pri nia funebro. Mi klopodos baldaŭ leteri pli longe. Nun mi devas urĝe trovi laboron, post mia maldungo el la ministerio."

**Paŭlo:** Pasis tagoj, pasis semajnoj, eĉ tuta monato, sen letero de ŝi. En la komenco mi preskaŭ ne rimarkis tiun mankon, tiom okupita mi estis pro la disbranĉiĝoj de la jurafero, kiun kaŝinstigis la ĉefa konkurenculo. Sed kun paso de la tempo, tiu manko fariĝis preskaŭ fizika doloro. Mi ne volis malrespekti ŝian funebron, sed fine venkis la malpacienco, kaj mi sendis telegramon.

**Paŭlo:** "karega ĉu vi pli bone fartas stop mi sopiras novaĵojn pri vi stop"

**Paŭlo:** Sed silento, silento, silento. Se pensi ke devus jam okazi nia geedziĝo... kaj anstataŭe, nur ĉi tiu malpleno!

**Veronika:** Fariĝis tre malgaje en nia hejmo. Tri fratinoj sen patrino, kaj nun sen laboro. Mi subpremis mian funebron per agado laborserĉa. Dume mi ne leteris al Paŭlo: mi ne volis ke li venu edzinigi senhavulinon, kvazaŭ mi celus nur lian monon.

Kiam Andreo Cseh revenis al Talino, mi denove ĉeestis liajn kursojn. Mi ne skribis al Paŭlo pri tio... Kial? Mi eĉ ne scias. Mi volis lin surprizi per la rezulto, per mia pli bona Esperanto, kiam li venos Talinen. Kaj eĉ malpli mi skribus al Paŭlo pri mia klopodo fariĝi Csehmetoda instruisto. Pastro Cseh diris al mi: se "Miss Esperanto" gvidus kursojn, aliĝus rekorda nombro da lernantoj! Mi tiam sentis ke tiel fari estus malmodeste, preskaŭ maldece... Sed nun, restinte sen laboro, mi decidis fari kiel mia samlandanino Elinjo Pähn: mi gvidos kursojn eksterlande!

**Paŭlo:** Kion mi legas en *Heroldo de Esperanto*? "Sekve al la treege sukcesaj kursoj de Andreo Cseh en pluraj landoj, kreskas la nombro de la instruantoj kiuj celas sekvi lian metodon. Krom Tiberiu Morariu el Rumano, jam konata al niaj legantoj, en Svedujo donos kursojn la estonoj Henriko Seppik kaj Elinjo Pähn; menciita estas ankaŭ la nomo de 'Miss Esperanto', Veronika Eksta, ĉu por Svedujo, ĉu revene al la okazejo de ŝia triumfo, Hungarujo." Mia Veronjo, eble baldaŭ en Hungarujo! Mi devas esplori ĉu iu do oficiale invitis ŝin! Sed kial ŝi daŭre ne skribas?

/kelkaj vortoj per la voĉo de Cseh, io el lia metodo/

**Veronika:** Modele organizis Sveda Esperanto-Federacio... Ili invitis Cseh-instruantojn eĉ al la plej foraj anguloj de sia grandega lando... ankaŭ min. Kompreneble, multe pli mi preferus iri al Hungarujo... Mi skribis al Hungara Tutlanda Esperanto-Asocio... Certe tie Paŭlo ĉiel klopodus por mia invito... Sed, strange, la hungaroj ne reagis.

**Paŭlo:** Mi tuj iris al la sidejo de la Asocio kaj trovis tie Rozinjon. Ŝi diris: "Ni baldaŭ skribos la invitilojn, sed la estraro unue devas decidi kiujn el la kandidatoj inviti. Kelkaj kostus pli, pro la prezo de veturbiletoj kaj vizoj." Mi proponis ke, se Veronika estus inter la pli kostaj kandidatoj, mi financu la diferencon.

**Veronika:** "Amata Paŭlo, pardonu ke mi tiel longe ne skribis. Vi bone divenis: longe la doloro malhelpis min leteri. Sed poste mi volis skribi nur kiam mi sentos certecon pri la dato de nia geedziĝo. Ĝi okazu nur kiam ne ŝajnos ke mi edzigas vin pro via mono. Kaj nun finfine eblos tiel! Mi fariĝos salajrata instruisto de Esperanto, Cseh-metode tra Svedujo dum la somero, kune kun Henriko Seppik."

**Paŭlo:** Rozinjo klarigis ke oficiala invito ja estis sendita al Veronika, finfine. Kial do ŝi tamen iros al Svedujo? Kaj kial "kune kun" Seppik?

**Veronika:** "Kara Paŭlo, mi ricevis vian leteron, laŭ kiu vi aranĝis por mi la inviton al Hungarujo. Sed tiu invito venis du semajnojn post kiam mi jam devontigis min ĉe la svedoj – ilia asocio ja agis tiel rapide! Mi scias ke tio kaŭzas prokraston de nia geedziĝo – sed pensu ke ĝi ja ĉiel ne povus okazi dum mi donas kursojn, ĉu en Hungarujo ĉu en Svedujo."

**Paŭlo:** Mi diris al Rozinjo ke nia asocio ne plu kalkulu kun Veronika por la nuna somero. Ni trinkis kafon, kaj ŝi diris ke ŝi mem konsideras la eblon diplomiĝi kiel Cseh-instruisto. Pri Henriko Seppik ŝi klaĉis ke li estas kvazaŭ rabata versio de Andreo Cseh: ambaŭ rompas la korojn de kursaninoj, sed Seppik ne estas pastro.

**Veronika:** Mi eksciis la detalojn: mi instruos du monatojn en kvar diversaj regionoj de Svedujo. Du fojojn, pro la atendata amaso, mi kunlaboros kun Seppik kaj lia edzino Erika. Oni pagus min principe nur post la laboro, sed, konsidere miajn cirkonstancojn, ili akceptis antaŭpagi kvaronon de la salajro. Mi forveturos el Estonujo pli trankvila.

**Paŭlo:** *Heroldo de Esperanto*: "Al la kursoj de Henriko Seppik kaj de "Miss Esperanto" Veronika Eksta en Stokholmo aliĝis entute 367 personoj, sed finis la kurson eĉ pli – 421! Videble, la estonaj ĉarmo kaj kapablo forte efikis al la sobraj svedaj koroj kaj cerboj." Ilustraĵo: Seppik kaj Eksta en naciaj vestaĵoj, gratulataj de siaj kursanoj.

**Veronika:** Mi salutis Paŭlon per poŝtkarto el ĉiu urbo. Por longaj leteroj mankis tempo. Neniam en mia vivo mi plenumis laboron tiel lacigan, sed ankaŭ tiel kontentigan.

**Paŭlo:** Ĉiam la samaj vortoj sur la poŝtkartoj, sed ĉu ĉiam plu la samaj sentoj? Neniam Vera mencias nun geedziĝon, ĉu pro spacomanko sur la kartoj? Pasis ĝuste unu jaro de kiam ni renkontiĝis – de kiam ni ĝisrevidis...

**Veronika:** "Kara Paŭlo, imagu, en Stokholmo ni renkontis hungaran Cseh-instruiston! Li nomiĝas Ferenc Szilágyi. En la urbocentra klubo li laŭtlegis sian rakonton 'Koko krias jam!' "

**Paŭlo:** Rozinjo demandis ĉu mi ne povus reveni en oficiala posteno al la Asocio. Ŝi dronas en taskoj. Bedaŭrinde ne eblas, mi diris. Sed okaze mi povus helpi, kiel decas al bona samideano. Eĉ tio tre ĝojigis ŝin: ŝi proponis manĝi kukon en la kutima kafejo, kie ŝi rakontis ke nun ankaŭ ŝia fratino, Elinjo, lernas Esperanton.

**Veronika:** Kiam mi pli frue legis artikolojn pri spertoj pere de Esperanto, mi ĉiam sentis ke mi legas troigojn. La kongreso en Budapeŝto ekŝanĝis tiun senton, sed estis evento unufoja, mallonga, kiel miraĝo. Sed nun, nun, vivi ĉiutage Esperanton kaj per Esperanto: jen tute nova perspektivo! Tiom da impresaj homoj: Seppik, Morariu, Szilágyi...

*/la muziko, nun en vigla ritmo/*

**Paŭlo:** Rozinjo demandis: "Ĉu vi fianĉiĝis kun tiu Miss?" Mi devis respondi: "Nu, formale ne, sed..." kaj tiam ŝi subite ekparolis pri la altiĝo de afrankokostoj. Ŝi estas ege zorgema persono, la oficejo ne povus esti en pli lertaj manoj. Fakte, ankaŭ ĉarma, kvankam neniel komparebla kun Veronika.

**Veronika:** Szilágyi demandis ĉu li rajtas skribi dediĉon je mia nomo super rakonto sia, kiu aperos en *Literatura Mondo*. Stranga, mistera novelo, kiu finiĝas per la frazo "Se vi ne povas havi kion vi amas, amu kion vi havas." Kial ne, mi respondis.

**Paŭlo:** Ĉi-foje mi invitis Rozinjon, al vespermanĝo. Veronika societumas dume en Svedujo kun Seppik, aŭ Szilágyi... Finfine, amo kaj baldaŭa edzeco ne estu malhelpo al normale amikaj rilatoj kun alia virino. Post maksimume monato tamen devus veni ia sciigo de Veronika pri siaj intencoj.

**Veronika:** Szilágyi kisis min. Mi protestis, kaj dume pensis: tiu alia hungaro devus montri sin tiel pasia, antaŭ unu jaro!

**Paŭlo:** Ni promenis kun Rozinjo, mi akompanis ŝin hejmen post la vespermanĝo. Subite ŝi haltis, rigardis rekte supren al miaj okuloj, kaj... kaj iel, antaŭ ol mi komprenus kiel, okazis kiso. Mi rememoris frazon el Esperanto-kurso: "Knabo kisas knabinon." Kvazaŭ neniam eblus inverse.

**Veronika:** "Kara Paŭlo, mi revenis hejmen kun kapo nekredeble plena je travivaĵoj, kun koro plena je sentoj. Kvazaŭ mi iel estus nova persono. Sed la hejmo sentiĝas tiel malplena sen panjo! Mi nun devas kutimigi min al la ideo ke denove mi forlasos la hejmon, por esti edzino en la fora Hungarujo."

**Paŭlo:** "Veronika, kiel eldiri...? Eble vi neniam pardonos min. Eble mi neniam pardonos min. La 19-an de aŭgusto mi fianĉiĝis al Rozinjo Göndör."

*/tamburbato, muzika misharmonio/*

**Veronika:** Panjo ĉiam diris ke oni neniam plene fidu virojn, sed mi traktis tion kiel ĝeneralan sentencon, kvazaŭ proverbon... *Omnia vincit amor*, ĉion supervenkas amo, mi legis. Sed posta amo povas supervenki antaŭan, ĉe viro.

**Paŭlo:** Dum longaj monatoj mi sekvis idealon, konstruis el imago tromp-realon, dum vera amo atendis je man-atingo. Kial revi pri belreĝino, kiam la vera reĝino de via koro atendas vin ekster viaj sonĝoj? Certe, mi ne forpelis Veronikan el miaj pensoj. Male, mi tre ŝatus scii kio okazas al ŝi. Se tio dece eblus, mi eĉ pretus finance subteni ŝin se necese. Sed, ne mirinde, nia korespondo abrupte ĉesis.

*/kelksekunda muzika interludo por marki la tempopason/*

*/voĉo de anoncanto:* La partoprenantoj de la ekskurso al Laplando renkontiĝu je la oka horo kaj dek minutoj vespere en la stacidomo. La gvidanto de la unua grupo estas Veronika Eksta..../

**Veronika:** Mi perdis Paŭlon, mi gajnis Esperanton. Post la unua somero de Cseh-instruisteco mi tamen ne plu bezonis vivteni min per tiu rimedo, ĉar baldaŭ mi trovis oficistan postenon. Sed okaze mi ja instruis, kaj partoprenis kongresojn. En 1934 mi denove trafis Svedujon, ĉar la 26-an Universalan Kongreson oni aranĝis en Stokholmo. Kaj oni konfidis al mi la kungvidadon de vojaĝgrupo...

/*Heroldo de Esperanto*: "La 11-an de aŭgusto, tuj post la fermo de la kongreso, 125 esperantistoj renkontiĝis en la Stokholma stacidomo por komune vojaĝi 1500 kilometrojn norden trans sveda Laponio ĝis la erc-haveno Narvik en norda Norvegio, 200 kilometrojn norde de la Polusa Cirklo, la plej norda urbo en la mondo kun Esperanto-grupo."/

**Veronika:** Mi neniam imagis viziti tiom foran Nordon... Kaj mi eble ankaŭ ne imagis konatiĝi kun tia ĉarmulo kiel Jan el Ĉeĥoslovakio... Jam dum la kongreso ni multe babilis, kaj nia konateco profundiĝis dum la kvintaga trajnvojaĝo. Mi foje ekpensis tiam ke esti edzino en Prago estus ne malpli bele ol esti edzino en Budapeŝto. Jardekojn poste, jam post lia morto en 1960, mi legis hazarde en Esperanta gazeto liajn rememorojn: "Mi konatiĝis precipe kun Veronika Eksta el Talin, nia gvidantino al Hammerfest, estinta 1929 Miss Esperanto. Mi dancis kun ŝi la unuan dancon al granda surprizo de miaj konatoj hungaraj, Baghy, Kalocsay..." Jen fiera viro... Sed post la vojaĝo li ne plu skribis al mi.

**Veronika:** En Narvik nia grupo inaŭguris Esperanto-ŝtonon.

/*Voĉo legas gazetan raporton*/

Generalo Bastien prizorgis la senvualigon, interpretante la grandan valoron, kiun havis la ideo pri la starigo de ĉi tiu memorŝtono. Sekvis mallongaj paroladoj... La ŝtono portis la jenan surskribon: *Esperanto – Ankaŭ en ĉi tiu mondangulo atingis kaj venkis la helplingvo inter la popoloj.* Ĝi estis starigita la 16-an de aŭgusto 1934 en ĉeesto de esperantistoj el 15 nacioj.

**Veronika:** Bedaŭrinde la ŝtono ne longe tronis super la fjordo. En aprilo 1940 la germanoj okupis la gravan eksport-havenon Narvik. Sekvis monato da batalo kontraŭ la britoj. Narvik estis komplete detruita. Unu el la multaj bomboj eksplodis proksime de la Esperanto-ŝtono, ĵetis ĝin malproksimen kaj rompis ĝin en pecojn.

Tamen, tre baldaŭ ni mem havis pli urĝajn zorgojn en Estonujo. La tempoj estis aĉaj. Oni ne sciis kion alportos la estonteco. Militon? Tiel aspektis. Tiam ankaŭ ni esperantistoj perdos kontakton por kelka tempo...

**Paŭlo:** Mi legis en gazeto pri la ultimato de Stalino al Estonujo.

/*sinistra muziko – eble ne la kutima –, aŭ alia sonefekto por anonci la militon*/

**TEATRO**

**Veronika:** La rusoj okupis nian landon. Formiĝis marioneta registaro, en kiu eĉ tri membroj estis aktivaj esperantistoj. Tiu junuleto Neeme Ruus, kiu ankaŭ instruis en Svedujo, subite estis ministro! Helmi Dresen okupis gravan urban postenon. Mi povus uzi miajn konatecojn je mia avantaĝo, sed, feliĉe, mi ne estas el tia ŝtofo... Kaj kiam venis la germanoj, ili mortigis same Neeme kiel Helmi... Kaj Esperanton la germanoj evidente ne ŝatis, pro ties "juda origino", kaj niaj klubkunvenoj ĉesis.

**Paŭlo:** De jaro al jaro fariĝis pli malfacile esti judo en Hungarujo. Novaj leĝoj, regularoj, limigoj. Baldaŭ mi ne plu rajtis posedi mian negocon. Feliĉe, rajtis ĝin transpreni amiko mia, "arjo". Kaj mi rajtis servi mian patrujon – certe ne kun armiloj, judoj ja estis vokitaj al t. n. "laborservo", por fosi trinĉeojn, kaj ofte por morti, je la ukraina fronto. Poste montriĝis ke tiel oni tamen pli probable transvivis ol samtempe en Hungarujo... Transvivis? Sed por kio? Kiam mi fine revenis al Budapeŝto, Rozinjo estis jam deportita en devigita marŝo ĝis la aŭstria limo. Nur multe poste mi eksciis per la Ruĝa Kruco ke ŝi forpasis la kvinan de aprilo 1945 en la koncentrejo de Lichtenwörth, du tagojn post ties liberigo.

/muziko/

**Veronika:** "Karega Paŭlo, estas miraklo ke via letero trovis min. Komprenebe vi tute pravis sendi ĝin tra la Asocio de Hungara-Sovetia Amikeco. Sed ke ĝi venis el Moskvo al Talino, trafis la manojn de nia Hilda, kiu memoris min post pli ol tridek jaroj kaj elserĉis min el la telefonlibro – jen eta miraklo! Sed vi apenaŭ skribis pri vi mem – ĉu vi havas edzinon? infanojn?"

**Paŭlo:** "Amata Veronika, mi ne havas infanojn. Rozinjo kaj mi volis, sed la sorto malhelpis. Kun Elinjo estis jam tro malfrue. Kaj bedaŭrinde, fatalo ankaŭ ŝin forprenis de mi antaŭ kelkaj jaroj."

**Veronika:** "Mi estas tiel feliĉa ke vi skribas pri plano vojaĝi al Talino!"

**Paŭlo:** "Unue necesas aranĝi ĉiajn formalaĵojn. Mi sendos telegramon kiam la detaloj fariĝos klaraj."

**Veronika:** "Vi skribas pri aĝo, pri malsanoj... Mi mem de longe ne estas tiu Miss Esperanto kiun vi konis. Sed ene de niaj koroj ni restis la samaj junaj homoj kiuj ni iam estis. Mi skribos nun frenezaĵon: Kiam vi estos ĉi tie, mi montros al vi nian mirindan malnovan urbon. Fine ni alvenos al la ĉefplaco, ni haltos tie, kaj vi kisos min. Eble pasantoj ridetos aŭ eĉ mokos – ĉar ili ne scios ke ili vidas du junajn geamantojn!"

**Paŭlo:** "Nun la dato de la vojaĝo estas certa. Mi sendos ankaŭ telegramon, sed kredeble ankaŭ ĉi tiu letero atingos vin ĝustatempe.

István Ertl

Atendante la kison en la ĉefplaco, mi almetas miajn lipojn al ĉi tiu malinda leterpapero. Ame, via Paŭlo."

**Veronika:** "Pri la ŝuoj mi ja ŝerce skribis, ĉar vi demandis. Temas pri simplaj strataj, oportunaj ŝuoj, ne iuj modernaj, tro laŭmodaj (pintaj). Por ĉiu okazo mi donos la mezuron de la nuntempa oportuna stratŝuo (mi mezuris la ŝuon). Mi preferus ke la kalkano ne estu libera, sed kun ŝu-laĉeto. Eble en viaj apotekoj oni vendas bonan bandaĝon por la kruro pro larĝiĝo de la vejnoj? Ĉe ni oni vendas tiajn kvazaŭ rulaĵo sub la nomo 'Ideal' – sed lastatempe mi dum jaro vane serĉas. Oni diras 'Ne ekzistas, momente elĉerpita'. Eble ĉe vi oni fabrikas similaĵojn?"

*/silento, aŭ muziko apenaŭ aŭdebla/*

**Veronika:** "Paŭlo? Ĉu iel ofendis vin mia virina babilo pri ŝuoj kaj bandaĝo? En la letero vi tamen forgesis skribi la alvendaton, kaj telegramo ĝis nun ne venis."

*/pli longa silento, aŭ muziko eĉ malpli aŭdebla/*

**Veronika:** Paŭlo? Mi atendas vin. Kial vi ne skribas?

*/eĉ pli longa silento, aŭ muziko je la limo de aŭdeblo/*

**Veronika:** Paŭlo?...

*/silento longega/*
*/fremda, oficialeca voĉo/*

Du tagojn antaŭ la planata forveturo, Paŭlo Tolnai glitis en sia bankuvo kaj brogis sin per varmega duŝakvo. Flegata pro gravaj brulvundoj, li forpasis en la hospitalo Sankta Ladislao kvar tagojn poste.

FINO
*Stokholmo, Talino, 5-15 aŭg. 2023*

*Inspirita de la verko* **Andreo Cseh - la \*gaja stelo\* kiel "edzperanto".** Historio de romantika amo. Red. A. Csiszár. Budapeŝto, 1996.

*Kun uzo de citaĵoj el:*

korespondo inter Hilda Dresen kaj Josip Velebit, laŭ: Spomenka Štimec: *Hilda al Josip.* El: *Beletra Almanako* 43, februaro 2022, p. 9-29.

*Liven Dek: La bleko de l' ŝargú.* En: *Nova Esperanta Krestomatio.*

rememoroj de Jan Zemek, esperantobrno.cz/malnova/Tagigo-1953-09.pdf, p. 4.

Hugo Röllinger, *Monumente pri Esperanto*, UEA, Rotterdam, 1997, p. 89-93.

37 verkistoj

39 noveloj

**La lasta vojaĝo de Cezaro kaj aliaj noktaj aventuroj**

buntaj rakontoj

mendu ĝin tuj ĉe KAVA-PECH.CZ aŭ UEA-libroservo

Finalistaj noveloj de la dua eldono de la Interkultura Novelo-Konkurso

K A V A - P E C H

noveloj el 14 landoj

taksita
★★★★★

Fervoja ponto en Leksand, Svedio. Fotis Arild Vågen (2018)

# Identeco

de Geoffrey Sutton

*Umntu ngumntu ngabantu.*
*(Homo homas per aliaj homoj.)*

Kosa proverbo

*"If a man be gracious and courteous to strangers,*
*it shows he is a citizen of the world."*

*(Se homo estas bonvola kaj ĝentila al fremduloj,*
*tio montras, ke li estas civitano de la mondo.)*

Francis Bacon (1561–1626)

Ŝajne troviĝas profunda, natura, emocia bezono ĉe multaj homoj konscii pri siaj radikoj, senti, ke li aŭ ŝi apartenas al grupo, aŭ grupoj, kun kolektiva socia identeco, speciale dum tempoj de malordo kaj ŝanĝiĝo. Sed identeco ankaŭ apartigas homojn, kreante sentojn de alieco, aparte ene de sociego nepersonema. Dum inkluzivado de diferencoj estas kutime favorata en klerema socio, kie emancipiĝo povas prosperi, eventuale troviĝas konscia aŭ nekonscia bezono kultura aŭ morala reimagi identecon, individue aŭ kolektive.

Norbert Elias plendas, "kiel persista kaj kiom senplue akceptita en la socioj de la moderna Eŭropo estas la sento de homoj, ke la propra 'memo', la 'vera identeco', estas io forŝlosita 'interne' de ili, fortranĉita de ĉiuj aliaj homoj kaj de aferoj 'ekstere' – kvankam... neniu trovas aparte facile montri klare, kie kaj kio estas la senteblaj muroj aŭ bariloj", senkonsidere la memevidentajn lingvajn. 

Elias demandas, ĉu temas "pri eterna, fundamenta sperto ĉe ĉiuj homoj alirebla per neniu plua klarigo, aŭ pri speco de mempercepto, kiu karakterizas certan stadion dum la evoluado de la figuradoj formitaj de homoj, kaj de la homoj formantaj tiujn figuradojn?" (2000, p. 475). Ĉu ni povus esperi pri plia pozitiva evoluo de refleksiva memidenteco?

## La memo kaj aliuloj

Homi Bhabha, en sia verko *The Location of Culture* [La situo de kulturo], identigas du tradiciojn en la diskurso pri identeco. La filozofia tradicio rigardas identecon kiel "la procezon de mem-konsiderado en la spegulo de la (homa) naturo" (1994, p. 66). Ĝi ne estas stato malŝanĝiĝema. La psikoanalizisto Jacques Lacan skribas, ke identeco dependas de dialektiko inter la memo kaj aliuloj, de ĉeesto kaj neĉeesto. La persona identeco, la memo, estas mensa koncepto, kreita en certaj sociaj cirkonstancoj, unue dum la edukado de la infano en la familion. La kreskanta egoo "kunigas sin en specifan socian sistemon per alproprigado de simbolaj ĝeneralaĵoj", akirante pli poste individuecon. Por ke tiu integrado okazu, komunikado estas centra ne sole por estri kognon, sed ankaŭ por provizi per la kapablo akiri al si propran merititan lokon en la parolkomunumo (Habermas 1991, p. 74–5, 78). Tamen, la persona identeco estas esence fendita. La persono perceptas sin kaj sian situon en la socio rilate al aliaj homoj, per ĉi ties reagoj, en sociigado aŭ civiliza procezo, kio siavice provizas per morala evoluado (Elias 2000, p. xi; Jary kaj Jary 1995, p. 305). Roger Brown skribas, ke "Memo kreiĝas el sociaj postuloj, sed ne necesas, ke ĝi simple respegulu ilin, por esti si mem oni ne devas malakcepti ĉian socian influon – afero nefarebla – sed fari individuan kunordigon de influoj" (1965, p. 154).

La alia tradicio en la diskurso pri identeco estas "la antropologia rigardo al la diferenco de la homa identeco, lokita en la divido inter Naturo / Kulturo". Bhabha emfazas, ke tiu loko de identiĝo estas "kaptita en la streĉiteco inter postulo kaj deziro, estas spaco de fendiĝo... la demando pri identiĝo neniam konfirmas antaŭdonitan identecon, neniam estas *mem*-plenuma antaŭdiro – ĝi ĉiam estas produkto de figuro de identeco kaj transformado de la subjekto per ĝia alpreno de tiu figuro" (1994, p. 63–4, 66). Sekve, kio alfrontas la kulturan intelektulon, diras Edward Said, estas la tasko "ne akcepti identopolitikon kiel donitaĵon, sed montri kiel ĉiuj figuroj konstruiĝas, por kiu celo, fare de kiu, kaj kun kiuj elementoj" (1993, p. 380).

Richard Shweder kaj liaj gekolegoj vidas tri manierojn, "tri etikojn", la universalojn de komunumo, persona memstareco kaj religia instruo, kiuj, kiel vortumas Jacob Hickman, ne imperiigas iujn etikojn je la malprofito de aliaj. Shweder distingas "inter moralaj argumentoj, bazitaj sur alvokoj al malutilo, rajtoj kaj justeco (kodo 1) [en kiu la unuopulo libere elektas] kontraŭ moralaj argumentoj, bazitaj sur devo, hierarkio kaj interdependeco (kodo 2) [en kiu la memo rolludas en komunumo] kontraŭ moralaj argumentoj, bazitaj sur alvokoj al la natura ordo, la dia ordo, tradicio, pekeco kaj persona sankteco (kodo 3) [en kiu la memo, kiel spirita ento, bezonas agi laŭ la kodo por protekti sian spiritecon]" (Haidt kaj Rozin 2017, p. 33; Shweder k.a. 1997, p. 119–69; Hickman 2017, p. 174). Tamen, neniu el tiuj etikoj estas sendependa disde la aliaj. 'Komunumeco' sen persona 'memstareco' kondukas al totalismo kaj militismo, 'memstareco' sen 'komunumeco' kondukas al malordo kaj anarkio, 'religia instruo' sen 'memstareco' kaj agnosko pri pli vasta 'komunumeco' kondukas ankaŭ al subpremado kaj militismo. Neniu religiano persekutiĝu pro malobservo de la etiko de malsama religia komunumo, nek oni senkulpigu evidentajn malobservojn de la universala etiko, kiel ekzemple murdon, kiel sanktigitan. Ni ĉiuj gardu nin kontraŭ la tentoj de frenezuloj kaj diktatoroj, kontraŭ la "anarkiema ribelulo aŭ konkeranta tirano" (Russell 1946, p. 707).

La egoo progresas per tio, ke la infano subordigis sian konkretan identiĝon kun la familio, komuna deveno, favore al pli kompleksaj kaj "daŭre pli abstraktaj identiĝoj fiksitaj fine al la institucioj kaj tradicioj de la politika komunumo". La egoan identecon rilate al aliuloj oni konservas, kiel kaj simile al aliuloj kaj tamen malsimile disde aliuloj, similmaniere kiel kolektiva identeco estas konservata en "normigaj kernoj" ene de ankoraŭ pli vasta kolektivo. "Nur *certa segmento* el la kultur- kaj ago-sistemo gravas por kolektiva identeco – nome la senplue akceptitaj, interkonsentitaj, bazaj valoroj kaj institucioj, kiuj ĝuas specon de fundamenta valideco en la grupo. Unuopaj grupanoj neeviteble spertas detruon aŭ perforton kontraŭ tiu normiga kerno kiel minacon al la propra identeco. La malsamaj formoj de kolektiva identeco troveblas sole en tiaj normigaj kernoj, en kiuj unuopaj anoj konas sin mem kiel unu, unu kun la aliaj", skribas Jürgen Habermas (1991, p. 110-1).

Reale, la plimulto de ni havas heterogenan identecon. Lacan "parolas ne pri ununura 'memo'", ĉar "ĉe iu ajn unuopulo ĉiam ekzistas 'multaj memoj' aŭ 'kvazaŭmemoj', en kiu la 'memo' ekzistas nur momente en 'sintaksa ĉeno'..." Tial ne troviĝas aŭtonoma memo en la kartezia senco, ĉar la memo ne povas ekzisti ekster socio. Erik Erikson skribis pri identecoj "en la kerno de la unuopulo" kaj "en la kerno de ties komunuma kulturo" (1968, p. 22-3; Lieberman 1979, p. 89). Lacan priskribas la memon kiel 'imagitan', 'fantazion', ekzistantan sole en lingvo

– memo kaj lingvo ĉiu estas produkto de socia sperto. Sekve, samkiel la signifo, la homaj 'memoj' ĉiam ŝanĝiĝemas, integritaj en la socian sistemon per la lingvo (Jary kaj Jary 1995, p. 147, 584). Tiu ĉi lingvo de la socia sistemo, cetere, estas la lingvo, kun kiu la plimulto da homoj identiĝos, ne unuavice kun sia gepatra lingvo (Eco en Ertl 1994).

Socia identeco ĉe unuopulo aŭ grupo kuntrenas la koncepton de memo, kiu devenas el aneco en kaj identiĝo kun sociaj kategorioj. Ĉiu kategorio eventuale donas aŭ pozitivan aŭ negativan statuson – Brown difinas la koncepton 'statuso' kiel "iu ajn speco de socia valoro". Ĉiu kategorio verŝajne alprenos pli grandan gravecon, kiam oni perceptas ĝin socie metita apud, kaj ĉi tiel komparata, kun kulturgrupa identeco 'fremda' aŭ 'nepropra'. Tio eventuale estigos antaŭjuĝon (Jary kaj Jary 1995, p. 609; Tajfel kaj Turner, 1979; Brown, p. 103).

Unuavice, ni vivas, ideale, en familio. Por pluvivi ni bezonas kunlabori, kaj aparteni al tribo, nacio aŭ ŝtato estas al ni avantaĝe. Tio ne tre malsimilas al membreco en iu ajn alia speco de grupo, ĉu temas pri religia, ŝatokupa, politika, profesia ktp. Natura konsekvenco estas, ke apartenado ankaŭ emfazas la diferencojn inter grupoj propraj kaj nepropraj, sed la identeco estas necese idiosinkrazia (personece propra). Kiel skribas John Edwards, "Grupeco loĝadas, finfine, en individua identeco" (1985, p. 168–9). Tion oni nomis nia 'nacieco persona'. Kiel kaj kiom ni sentas solidarecon kun iu ajn aŭ pluraj, ofte ja multaj intertuŝiĝantaj faktoroj lokaj, regionaj, etnaj, naciaj, lingvaj, religiaj aŭ transnaciaj estas persona afero karakteriza de ni mem.

William Smalley skribas, ke "Iuj homoj tendencas trakti etnajn etikedojn kvazaŭ ili reprezentus limhavajn kategoriojn, dum aliaj traktas ilin kvazaŭ centrajn... En la okazo se etna kategorio havas fortajn limojn, tion, ke homo ŝanĝas sian etnan identecon, oni eventuale rigardas eĉ kiel perfidan. Se etna kategorio estas centra, ŝanĝo de etna identeco eble ne estas emocia afero, kaj plurobla etneco – unu kategorio sub certaj cirkonstancoj, alia kategorio sub aliaj, – eventuale ŝajnas normala. Individuoj, ankaŭ, povas malsami inter si ene de etno pri tio, ĉu ilia etna kategorio estas limo- aŭ centrohava, aparte en diversecaj socioj" (1994, p. 331).

Benedict Anderson konsideras, ke ĉe la eŭropanoj kaj amerikanoj la historio estis 'module imagata', kaj debatas kun si, ĉu la 'naci-konstruada' politiko de la novaj ŝtatoj, ilia identokreado, ŝuldiĝas al "la testamentaĵo de imperiisma oficiala naciismo" aŭ pli verŝajne "spurebla en la imagoj pri la kolonia ŝtato". Ĉi-lastan li vidas en "tri institucioj de potenco": "la popolnombrado, la mapo kaj la muzeo". Tiuj tri kune, li konkludas, "profunde formis la manieron, laŭ kiu la kolonia ŝtato imagis sian superregadon – la karaktero de la homoj de ĝi regataj, la geografio de ĝia regno kaj la legitimeco de ĝia deveno" (2016, p. 113–4, 163–4).

"La fikcio de la popolnombrado", skribas Anderson, "estas tia, ke ĉiu troviĝas en ĝi, kaj ke ĉiu havas unu – ja unusolan – ege klaran lokon. Neniu frakcio", kvankam li atentigas pri "la kurioza subkategorio, sub ĉiu rasa grupo, de 'Aliuloj'."

Indiko pri la potenco de la mapo, enkondukita de eŭropanoj, estas ĝia centrigo per la Mediteranea [*medius* 'meza' + 'lando, tero'] Maro, tiel ke Ĉinio, kiu same konsideris sin la centro de la mondo (中國 中国 *Zhōngguó* 'centra lando'), oni translokis en 'la Foran Orienton' (2016, p. 166, 170–1). Specifa kazo estas la strategio adoptita de la brita ŝtata mapfarejo (Ordnance Survey) por la plej malnova kolonio de Anglio, laŭ kiu ĝi en la jaro 1824 forigis ĉiujn irlandlingvajn loknomojn, anstataŭiginte ilin per angligoj (Said 1993, p. 273).

Samuel Huntington demandas, kial kultura komuneco faciligas kunlaboradon kaj kunteniĝon inter homoj, dum kultura malsameco akcelas disfendiĝojn kaj konflikton. Inter la kialoj de tio, kiujn li listigas, estas tio, ke ĉies multoblaj identecoj eble konkuras kun aŭ plifortigas unu la aliajn. Li ekzempligas per la klasika kazo, kiam "la germana laboristaro en 1914 devis elekti inter sia klasa identeco kun la internacia proletaro kaj sia nacia identeco kun la germanaj popolo kaj imperio". Pri tio, kio kondukis al tiu situacio, H. Stuart Hughes notis, ke "Nenio dum la jardekoj antaŭ 1914 pli efikis por difekti la rompiĝemajn sed ankoraŭ konstateblajn ligojn de la eŭropa kulturo unueco, ol larĝe disvastigitaj kaj misformitaj 'teorioj' pri naciaj kaj rasaj diferencoj" (1961, p. 4–5; Lieberman 1979, p. 96–7). En la nuntempo, Huntington rimarkas, ke "kultura identiĝo drame kreskadas laŭ sia graveco kompare kun aliaj dimensioj de la identeco" (2011, p. 128–30).

La gravecon de perceptado – la kapablon de la menso konkludi, ke ekstera objekto, kiaj aliaj individuoj aŭ grupoj, estas la kaŭzo de feno- meno aŭ problemo – eblas ilustri per laboro de Elizabeth Bott (1957). Esplorinte klasan figuradon, ŝi trovis, ke la brita laborista klaso havas du malsamajn perceptojn pri la socio: "potencomodelon, laŭ kiu la socion ĝi vidis kiel dividitan en du sufiĉe senmovaj, kontraŭstarantaj klasoj ('ili' kaj 'ni'), kaj 'prestiĝomodelon', laŭ kiu la grupoj aranĝiĝas laŭ hierarkio de prestiĝo (Bott 1957). Malgraŭ la specifeco de tiuj observoj, figuradoj de 'potenco', 'alieco' kaj 'prestiĝo' estas fundamentaj perceptoj troveblaj en iu ajn moderna, evoluinta socio, postulantaj niajn komprenon kaj aktivadon.

## La ŝanĝiĝemo de la identeco

Said emfazas la ŝanĝeblecon, fluidecon kaj nekompletecon de la identeco. Li vidas ĝin en la pragreka nocio de grekoj kaj barbaroj, sed "kiu ajn iniciatis tian 'identopenson', ĝi jam antaŭ la deknaŭa jarcento fariĝis la patrico de imperiismaj kulturoj samkiel de tiuj kulturoj, kiuj provadis rezisti la sintrudojn de Eŭropo", plifortigante la koncepton pri 'ni' kaj 'ili' (1993, p. xxviii, 382).

Bhabha kulpigas tiun potenco-aparaton pri fabrikado de tio, kion li nomas 'la stereotipo de alieco'. Pri kolonieco li citas el Frantz Fanon: "La kulturo iam vivanta kaj malferma al la estonteco, fermiĝas, fiksita en la kolonia statuso, kaptita en la jugo de subpremado... La kultura mumiigo kondukas al mumiigo de la pensado de la unuopulo" (Fanon 1970, p. 44; Bhabha 1994, p. 111).

Said amare plendas, "ke pli da penado estas malŝparata per... plifortigado de la ideo, ke esti siria, iraka, egipta, aŭ sauda estas sufiĉa celo, pli ĝuste ol pensi kritike, eĉ aŭdace, pri la nacia programo [pri leginstruo] mem. Identeco, ĉiam identeco, antaŭ kaj super scio pri aliuloj." Laŭ Said tiu etmenseco konfirmas la timojn de Fanon pri naciismo (1993, p. 361–2). Dum Fanon agnoskas la gravecon reakiri la naciajn tradiciojn de subpremitaj popoloj, li konscias pri "la danĝeroj de la fiksiteco kaj fetiĉismo de identecoj ene de la kalkiĝinteco de koloniaj kulturoj por rekomendi, ke 'radikoj' estu plantitaj en la celebran idilion de la pasinteco aŭ per homogenigo de la historio nuntempa" (Bhabha 1994, p. 13). Plie, Gayatri Spivak komentas, ke la kruda, monolita nocio de la nacia identeco tute ignoras la decidigan diversecon interne de lando. Tio estas uzata por kulpigi la koloniismon kaj ŝirmi "la novan imperiismon de ekspluatado kvazaŭ ĝi estus evoluigo" (1999, p. 371). Bhabha skribas pri "la post-Klerisma homo ŝnurligita al [...] la ombro de la koloniito [...] la perversa palimpsesto de koloniisma identeco" (1994, p. 62–3).

Said atentigas, ke nur ekde la mezo de la deknaŭa jarcento oni ekperceptis la literaturajn studojn kiel esprimon de la nacia kulturo siatempa, kio naskis la ideon de nacia karaktero. "Naciismo defenda, reakciema kaj eĉ paranoja estas, ho ve, ofte interplektita ĝuste en la teksaĵon de la edukado, kie infanojn samkiel pli aĝajn lernantojn oni instruas kulti kaj soleni la unikecon de *sia* tradico (kutime kaj malagrable je la kosto de aliaj)" (1993, p. xxix).

Steven Pinker asertas, ke "la pretendo, ke la homoj havas naturan imperativon identiĝi kun naci-ŝtato (kun la implico, ke la kosmopolitismo kontraŭas al la homa naturo) estas malbona psikologio... Homoj sendube sentas solidarecon kun sia tribo, sed kiu ajn intuicio pri-triba, kun kiu ni naskiĝas, ne povas esti la naci-ŝtato, kiu estas historiaĵo de la Vestfaliaj traktatoj de la jaro 1648. (Nek povas esti raso, ĉar niaj prauloj malofte renkontis personon de alia raso.) En la realo, la kogna kategorio tribo, propra grupo, aŭ koalicio estas abstrakta kaj multdimensia" (2018, p. 450–1). Tamen, kiel observis Paulo Freire, "Solidareco postulas veran komunikadon" (2017, p. 50).

Pinker daŭrigas: "Estas vere, ke vendistoj de politiko povas merkatadi mitologion kaj ikonografion, kiuj logas homojn privilegii iun religion, etnon aŭ nacion kiel sian fundamentan identecon. Kun la ĝusta enpako de doktrinigo kaj devigo ili povas fari el ili eĉ kanonfuraĝon. Tio ne signifas, ke la naciismo estas homa impulso. Nenio en la homa naturo maabligas al la persono esti fiera franco, eŭropano kaj mondcivitano, ĉiuj samtempe" (2018, p. 450–1; Appiah 2006).

Karl Mannheim sugestis, ke scio eventuale povus eviti relativismon, se intelektuloj adoptus 'libere drivantan' aŭ nealiĝintan pozicion. Tiu idealo tamen postulas sendependecon disde kondiĉado socia, financa kaj ideologia. La ideologion oni nomis speco de memtrompo, kiu kaŝkovras veron cele al daŭrigado de grupa memfido. Io tia, tamen, aplikeblas egale al ĉiuj kredosistemoj, kiuj orientiĝas aŭ direkte al pravigado kaj konservado de sistemo (ideologio) aŭ direkte al provo ĝin ŝanĝi (utopiismo) (1936; Hauser 1972, p. 134; Jary kaj Jary 1995 1995, p. 384). Louis Althusser konstruas du tezojn pri ideologio. Unue, "Ideologio reprezentas la imagatan rilaton inter unuopuloj kaj iliaj realaj ekzistokondiĉoj". Tamen, "Ideologio havas materian ekziston: 1. troviĝas nenia praktiko krom per kaj en ideologio; 2. troviĝas nenia ideologio krom per la subjekto kaj por subjektoj" (Easthope kaj McGowan 2004, p. 42–50).

Homoj povas lasi sin ligiĝi, troligiĝi, al egoisma identeco, ĝis punkto, kie ĝi iĝas la malsano de 'identeco-protekta kognado', karakterizita de tiaj sloganoj kiel 'Por la patrio, ĉu juste, ĉu maljuste!' Tia 'malracia socia apartismo', laŭ kiu "homoj algluiĝas al iu ajn opinio, kiu pligogligas la tribon kaj ilian statuson en ĝi" estas, laŭ Pinker, produkto de la dudekunua jarcento (2018, p. 358). La ŝovinismo tamen havas longan, malhonorindan historion. Li tamen opinias, ke tiu malsano ne originas en malracieco nek en manko de klero pri scienco, sed anstataŭe en "la miopa racieco de la Tragedio de la Kredokomunaĵo". (Ĉi tiu termino devenas de situacio, en kiu homoj kunposedas komunaĵon, tipe kampon, kaj poste montriĝas, ke nereguligita trouzado nuligas la originan gajnon.)

David Beetham kaj Kevin Boyle konsideras, ke "Troviĝas malmulta danĝero, ke malaperos la distingaj trajtoj de naciaj kulturoj kaj tradicioj. Ja ioman sekurecon por nacia identeco oni povas opinii kiel antaŭkondiĉon por pli memfida kaj donema internaciismo. Tio, kio estos probabla en la estonteco, estas, ke la monopolo de la ŝtato–nacio konsistigi la solan legitiman fonton de politika aliĝo por ĝiaj anoj cedos antaŭ pli plurisma kaj multnombra aro da politikaj identecoj" (2000, p. 140). Sed kiel tiu pli memfida kaj grandanima internaciismo fondiĝu? Sur kiu solida fundamento ĝi estu, povas esti, konstruita?

## Eŭropa perspektivo – 'interrilatado kaj reciproka dependeco'

La specifa demando pri eŭropa identeco estas instrua pro tio, ke ĝi estas jam delonge debatata pro du mondmilitoj kaj la kreo de Eŭropa Unio (EU) (se ne mencii 'Breliron' – la malrektan eliron de Britio el tiu unio).

Laŭ sia prelego "La unueco de la eŭropa kulturo" (1948) la angla-usona poeto kaj dramisto T. S. Eliot akceptis, ke komunan kulturon subapogas hereditaj valoroj religiaj. La reganta forto kreanta komunan kulturon inter homoj, li asertas, estas religio, tute sendepende de onia propra opinio pri tiu koncerna religio. Eliot emfazas, ke li parolas pri "la komuna tradicio de la Kristanismo, kiu faris Eŭropon laŭ si, kaj pri la komunaj kulturaj elementoj, kiujn kuntrenis tiu komuna Kristanismo". Li asertas, ke tiu perceptita unueco kultura, "kontraste kun la unueco de politika organizado", permesas "diversajn lojalecojn". Li ilustras tian sendependan lojalecon per la ekzemplo de universitatoj, kiuj "devus havi siajn komunajn idealojn" kaj "siajn sindevigojn unu al la aliaj." Li daŭrigas: "Ne temas pri sentimento: ne tiom gravas, ĉu ni ŝatas unu la alian, aŭ laŭdas la verkojn unu de la alia. Tio, kio gravas, estas, ke ni agnosku nian interrilatadon kaj reciprokan dependecon unu de la alia."

Eliot pravas pri la rolo historia kaj heredita de religio (malgraŭ tio, ke li preterlasas mencion pri la islama Balkanio). Religio tamen daŭre funkciadas tiom kiel faktoro apartiga kiel unuiga (Huntington 2011, p. 42); Eŭropo historie estis disŝirita per prireligiaj militoj, do eŭropanoj devis lernadi per la kruda sperto kiel akomodiĝi al malsamaj vidpunktoj (Huntington desegnas modernan civilizacian dividlinion eĉ inter la okcidenta kaj ortodoksa (orienta) kristanismoj, kvankam ĉiuj disvastiĝintaj religioj, tipe uzataj por valorindiki certajn civilizaciojn, estas disŝiritaj en multaj, ofte diverse malakordaj, sektoj).

Huntington aldonas sian depriman observon pri kredoj, ke "El ĉiuj objektivaj elementoj, kiuj difinas civilizacion, tamen, la plej grava kutime estas la religio... homoj, kiuj kunhavas etnecon kaj lingvon sed malhavas la saman religion povas buĉi unu la aliajn" (2011, p. 42), spite malpermeson de tio fare de la plimulto da religioj. Tamen, la disduiĝo de Pakistano provizas per malakorda ekzemplo de la relativa forteco de konflikt- aŭ konkord-produktantaj kulturaj simboloj. La bengal-parolanta Orienta Pakistano disigis sin kiel Bangladeŝo, kio "montris kiom malsufiĉas religio por servi kiel kuniga forto fronte al lingva diferenco, kaj kiel lingvo povas esti pli forta simbolo en formado de nacia ŝtato ol religio", asertas Dua (1996, p. 6–7; Weinstein 1987).

La analizo de Eliot ne penetras la nukleon de la problemo. Li serĉas konkretan unuigan identigilon komunan tie, kie troviĝas komunaĵoj nur partaj. Klare, iu ajn provo al pli profunda solvo devas kuŝi preter malsamaj religiaj fonoj. Grave, Pinker rimarkigas, ke ni ne supozu, ke troviĝas natura imperativo aparteni al religio, ĉar "tio konfuzas vundeblecon kun bezono" (2018, p. 450).

Se ni rapidas antaŭen al la jaro 1973 kaj la Kopenhaga Deklaracio pri Eŭropa Identeco fare de Eksterlandaj Ministroj de Eŭropo, ni trovas sole la pian esperon, ke "La eŭropa identeco evoluos kiel funkcio de la dinamika konstruado de Unuigita Eŭropo" kaj "... entrepreni la difinon de sia identeco rilate al aliaj landoj aŭ grupoj de landoj" (para. III.22). Klare, sub la posta lumo de Breliro kaj la kresko de partioj kontraŭ EU en multaj eŭropaj landoj, la politiko ankoraŭ ne resonze sukcesis. Des pli, kial – oni povus demandi – identeco estu 'oficiale' difinita negative kaj apartige rilate al eksteruloj?

Kiel asertas Huntington, "Homoj ne vivas sole per racio. Ili ne povas elkalkuli kaj agi racie serĉe de sia memintereso ĝis kiam ili jam difinis sian memon. La interesopolitiko antaŭsupozas identecon. Dum tempoj de rapida socia ŝanĝiĝo solviĝas establitaj identecoj, la memo iĝas redifinenda, kaj novaj identecoj kreendaj" (2011, p. 97). Ŝanĝado jam okazis, do plia ŝanĝiĝado estos ebla – kaj verŝajne neevitebla.

## La neevoluinta dimensio kultura

La eminenta historiisto de la eŭropa ideo Hendrik (Henri) Brugmans provis resumi la problemon de la eŭropa identeco en 'kvin elirpunktoj' (1987, p. 16–17). Antaŭ tiuj li rimarkigis, ke en la procezo de integriĝo "la kultura dimensio estas grave subevoluinta". Li dubis, "ĉu la bazo de la tuta entrepreno [de la eŭropa movado] ne estas kultura, kaj krome, ĉu ne ĝuste sur la kultura kampo troviĝas la plej grava rezistado."

Unue, Brugmans identigas la sentimenton, kiun homoj instinkte "sentas, ke ili estas 'eŭropanoj' kaj ke tio iel estas kulture determinita." Tio kunsonoras kun la konkludo de T. S. Eliot, ĉar ja religio historie inspiris tiom da kulturaĵoj rekoneble eŭropaj.

Due, "tiu (ankoraŭ malklara) eŭropa konscio estas konstante mal-helpata de naciismaj refleksoj... la ĉefproblemo... estas manko de kompreno ambaŭflanke." Tiu manko de kompreno, kulturmanko, atestas pri manko de komunikado, por kies solvo komuna lingvo estas antaŭkondiĉo. "Manke de komuna lingvo, komunaĵo de memoroj, kaj kuntenataj manieroj pensi, rezoni kaj komuniki," konsideras Adda Bozeman pri la nuntempo: "estas malfacile sondi 'mondan kulturon' (aŭ, kiom koncernas tion, 'mondan historion'), almenaŭ se oni serioze traktas ideojn. La atestoj indikas anstataŭe plurecon de referenco-framoj" (en Bull k.a. 1984, p. 391).

Trie, skribas Brugmans, "Bedaŭrinde, ni estis instruataj jam de la infanaĝo, en ĉiuj landoj, vidi la nacian specon pli ĝusta ol la komunajn eŭropajn elementojn." Alivorte, temas pri antaŭenigo de 'honesteco kaj realismo' en historio kaj edukado. Ja estas, komprenebla, la edukado, kiu instruas nin kultadi niajn naciojn, kulturojn kaj tradiciojn, kio ja bonas, kondiĉe ke ni ne malsukcesas doni merititan respekton al la kulturoj, lingvoj kaj tradicioj de aliaj socioj.

Kvare, alude al la franca historiisto Ernest Renan kaj lia rekomendado de eŭropa federacio en la jaro 1871, Brugmans substrekas la bezonon de "komuna projekto en la estonteco kiel kuntena faktoro". Tion oni tradicie komprenas kiel politikan, kvazaŭ-federaciisman projekton, kiu emas esti rigardata kun profunda skeptikismo aparte en Britio kaj Skandinavio, kaj kiu kontribuis al la foriro de Britio el la EU. Eliot jam en 1948 komentis, ke neniu politika kaj ekonomia organizaĵo, senkonsidere la kvanton da bonvolo je sia dispono, povas provizi per la unueco, kiun donas kulturo (Drace-Francis 2013, p. 218).

Eliot skribis, "Mi jam asertis, ke ne povas troviĝi 'eŭropa' kulturo, se la apartaj landoj estas izolitaj unu disde la aliaj: mi nun aldonas, ke ne povas troviĝi eŭropa kulturo, se tiuj landoj estas reduktitaj al identeco. Ni bezonas variecon en unueco: ne la unuecon de organizo, sed la unuecon de naturo" (1949, p. 123–4).

Dum Brugmans pledetas por estonta perspektivo kultura, Huntington argumentas, ke kulturo centras, kvankam kiel diferencoj, orientiĝoj, aŭ "du kernoj, Usono kaj franc-germana kerno en Eŭropo, kun Britio kiel aldona potencocentro drivanta inter ili" (2011, p. 135).

Kvine, Brugmans demandas, kiel oni povas peti, ke eŭropanoj sidu inter la du seĝoj de, unuflanke, politika apatio kaj, aliflanke, de malpli forta ligiteco al nacia patriotismo.

Brugmans agnoskas, ke aldona subvenciado por la artoj kaj simile ne kvalifikiĝas kiel kultura politiko. "La plej grava afero", li skribas, "estas, ke fenestroj kaj pordoj estu malfermitaj al la vasta mondo, kun ĉi ties bezonoj kaj postuloj." Oni notu, ke per tio li agnoskas, ke la ideo eŭropa estas fakte afero tutmonda. Li parolas pri la 'dialektika poluseco' de unueco kaj diverseco, kiu fariĝis – en la praktiko, malsincera – signaldiro de Eŭropa Unio. Kulturrilate, Brugmans nomas tion 'kruc-fekundigo'. Konklude, li scivolas, ĉu Eŭropo povas kolekti sufiĉe da freŝa forto por entrepreni tian projekton, sed li malsukcesas identigi freŝajn praktikajn rimedojn, per kiuj entrepreni tiun interŝanĝon de ideoj. La plej unuiga projekto, kiun Eŭropa Unio ĝis nun povis promocii, tamen, estas ĝia privilegiigo de la uzado de la lingvo de Anglio kaj Usono (ambaŭ ekster la Unio). Tio laŭ ajna vidpunkto ŝajnas tanĝa al iu ajn vere unuiga eŭropa projekto. Ironie, ĝuste la lingvo – nemalhavebla elemento de kulturo – estas la vehiklo de kultura interkompreniĝo.

Julia Kristeva, teoriisto pri lingvo kaj psikoanalizo, argumentas, ke "Mankas al la hodiaŭa Eŭropo rakontlinio, diskurso sufiĉe ampleksa kaj sufiĉe aparta por doni signifon al la diverseco kaj specifaĵoj de la eŭropa subjektiveco... la tutgloba kultura logiko... platigas kaj homogenigas ĉiujn subjektojn", skribas Samir Dayal. Kristeva tiel agnoskas, ke ankaŭ kulturoj ne kutime priskribitaj kiel marĝenaj estas superverŝataj de sintrudoj de hegemoniaj kulturoj; neanglalingvaj kulturoj estas minoritatigataj en la epoko de tutglobismo.

Daŭrigas Dayal pri Kristeva: "la signifo de la rakontlinio por forsavi la homan kondiĉon – fakte, por fari la homan kondiĉon homa – estas la konvinko aŭ instinkto de psikoanalizisto, ke ja la 'parolo' (certe unu permeseble naiva interpreto de 'rakonto') igas subjektivan ekzistadon signifa. La rakonto kiel 'parolo' aŭ publika diskurso krome subtenas la civitanan vivon kaj la publikan sferon" (Dayal en Kristeva 2000, p. 13–15).

La granda franca lingvisto Joseph Vendryès skribis, ke "La lingvo, kiu estas socia fakto plej tipa, estas rezulto de sociaj kontraktoj. Ĝi fariĝis unu el la plej fortaj ligiloj unuigante sociojn, kaj ĝi ŝuldas sian evoluon al la ekzisto de socia grupo". Per esplorado de la socia rolo de la lingvo, eblas imagi, kio ĝi efektive estas (1921, p. 13; Lapenna 1958, p. 65). La socia funkcio de lingvo estas esence grava ne sole por la bonfarto kaj fortiko de socio, sed ankaŭ por la rolo, kiun ĝi ludas en ligokreado. Memevidente, esence gravas ankaŭ la esenco kaj kvalito de tiuj sociaj ligoj.

## Minacoj al identeco

Lastatempe ni vidis la kreskon de realaj kaj kredataj minacoj al identecoj. Kun kreskanta tutglobigado leviĝas la demando, kiel, aŭ ĉu, ni konservu la vivigajn ujojn de kulturo, lingvo kaj vivstilo, kiuj formas niajn identecojn.

Unuflanke, problemojn atestas studoj kiel *Nur-angla Eŭropo? Defio al lingvopolitiko* de Robert Phillipson (2004), *Hat Deutsch eine Zukunft? Unsere Sprache in der globalisierten Welt* (Ĉu la germana havas estontecon? Nia lingvo en la tutglobigita mondo, 2008) de Jutta Limbach kaj *Nihongo ga horobiru toki: Eigo no seiki no naka de* (Kiam la japana lingvo falas: En la epoko de la angla, 2008) de Minae Mizumura. "Tiuj kiuj ne adaptiĝas aŭ ne povas adaptiĝi," skribas Humphrey Tonkin, "..., reagante al tiu malklara minaco kontraŭ la sento de identeco, puŝas la homojn en izolismon, kontraŭ tiuj kiuj entuziasme (iuj dirus ruze aŭ naive) deklaras la malfermiĝon de la mondo al internacia komerco, internaciaj normoj de civitana konduto, kaj integriĝo de la popoloj de la mondo" (2018, p. 543).

"El la perspektivo de la tutgloba kapitalo," skribas Arif Dirlik, "la loka... estas ejo, kies loĝantoj estas liberigendaj de si mem (senigendaj de siaj identecoj) por esti homogenigitaj en la tutgloban kulturon (iliaj identecoj konforme rekonstruitaj)." Rezistado esprimiĝas per 'la politiko de diferenco' (1996, p. 35).

La minacon atestas la leviĝo de movadoj naciismaj kaj popolismaj, politikoj kaj partioj en landoj tiel diversaj kiel Hungario, Francio, Britio,

Nederlando, Germanio, Barato, Rusio kaj Usono, krom terorismoj islamisma kaj dekstrega. Kvankam niaj vivigaj diferencoj strukturas niajn identecojn, ili ankaŭ ofte formas fontojn de izolismo kaj gravaj konfliktoj.

Malgraŭ la diverseco de tiuj sociaj reagoj, ili ĉiuj kunhavas la percepton, ke ilia identeco alfrontas krizon. Sur la plej fundamenta nivelo, tiuj minacoj – ĉu realaj, ĉu imagataj – temas pri atendo de aliproprigo (alienigo), aŭ 'alieco'.

Tonkin komentas pri Mizumura, ke li "celas konsciigi siajn legantojn pri la perdoj kiuj akompanas tutmondiĝon – perdoj de lingvoj, perdoj de tradicioj ligitaj al la skriba lingvo, perdoj de kreivo kaj identeco – sen samtempe fali en tiun reakcian izolismon kiu kondukas al rompo de internacia integriĝo. Temas pri malfacile atingebla ekvilibro." La paradokso, kiu okupas Mizumura, estas "Kiel instigi multlingvecon inter ĉiuj legantoj, anglalingvaj kaj neanglalingvaj, por eviti anglalingvan monopolon; kaj kiel kultivi sentemon pri la *lingveco* de tekstoj dum samtempe tiuj tekstoj moviĝas inter lingvoj?" (2018, p. 544, 555).

Kontraŭe, naciismo daŭre ludas mobilizan rolon en "komunuma restarigo, insistado de identeco, ekapero de novaj kulturaj praktikoj" (Said 1993, p. 263). Plie, tamen, programoj, kiuj celas instigi etnan identecon "estas idealaj metodoj regi scion/potencon, dum ili ŝajnas per simbola politika lingvaĵo agi nur laŭ la plej bonaj motivoj en la interesoj de la etnoj mem" (Reagan 2009, p. 294–9 pri Orman 2008; Bullivant 1981, p. 3). Tamen, ni devus nepre noti, kiel atentigas Spivak, ke la etiko de alieco ne estas politiko de identeco (1999, p. x).

## Identeco-krizo tutgloba – palpserĉi grupiĝojn

Huntington asertas, ke "tutgloba politiko refiguriĝas laŭ kulturaj linioj", por koincidi kun etnaj, religiaj kaj civilizaciaj limoj. Tio implicas, ke kultura identeco fariĝas "la centra faktoro formanta la asociiĝojn kaj antagonismojn de lando". Li vidas "la erupcion de tutgloba identeco-krizo" depost la 1990aj jaroj, aldonante, ke en la luktado kun tiu krizo, "kio gravas por homoj estas la sango kaj kredo, fido kaj familio" (2011, p. 125–6).

Aliflanke, li egale emfazas esperon pri la potenco de identeco sur la nivelo de la unuopulo: "identeco kutime estas plej signifoplena sur la tuja interpersona nivelo." Grave, li konsideras, ke la kreskinta elstareco de kultura identeco en pli malaltaj niveloj eventuale refortigus ĝian gravecon en pli altaj niveloj. Kiel sugestis Peter Burke: "La amo al la tuto ne estingiĝas per tiu suborda inklino" (Huntington 2011, p. 128–30).

Huntington mem indikis vojon al iagrada mildigo per la citaĵo de Burke. Plie, oni ne nepre supozu, ke 'la tuto' ĉiam estas samsignifa kun aparta civilizacio, kiel emas supozi Huntington. Ĉu oni ne interpretu la vortojn de Burke pli ĝuste kiel aserton, ankaŭ, ke 'amo al la tuto *de la homaro* ne estingiĝas per tiu suborda inklino', ĉu tiu subordaĵo estu nacio, ŝtato, komunumo, aŭ io ajn alia?

En socia psikologio, laŭ 'la distingeco-teorio', homoj sin difinas laŭ tio, kio igas ilin malsamaj disde aliuloj en aparta kunteksto. "Homoj difinas sian identecon laŭ tio, kio ili ne estas" (Huntington 2011, p. 67–8). Do, se unuopulo kutime havas multoblajn identecojn, kial subjekto ne posedu komunan identecon kun 'la aliulo'? Efektive, ja evidente tiel statas, ĉar li aŭ ŝi estas homo, kaj identeco kiel homo estas vere universala. Aliflanke, la homo kiel identeco estas malforta, eble ĉar mankas al la koncepto efikanto konkreta.

Plie, se ni neeviteble atendas konflikton sur la makronivelo, t.e. inter grupoj kun aliĝo al civilizacio, kaj tiaj konfliktoj okazas 'sur socia nivelo' pro revigligado de identecoj kaj kulturoj indiĝenaj sur la mikronivelo, do iu ajn serĉo de solvo, kiu uzas la reston el 'la amo al la tuto' devas okazi sur la vizaĝ-al-vizaĝa nivelo, aparte ĉar, kiel skribas Huntington, la apartismo sur iu ajn nivelo difineblas tutsole en rilato kun 'aliulo'.

Huntington listigas kondutodiferencojn, kiuj dependas de tio, ĉu aliaj homoj estas el la sama aŭ el malsama civilizacio kompare kun ni mem (en- kaj ekster-civilizacia konduto): "1. sentoj de supereco (kaj foje malsupereco)...; 2. timo kaj manko de konfido...; 3. malfacileco en komunikado kun ili rezulte de lingvodiferencoj kaj en tio, kion oni konsideras ĝentila konduto; 4. manko de familiareco kun la supozoj, motivoj, sociaj rilatoj kaj sociaj kutimoj de aliaj homoj."

Dum diferencoj pri ideologio aŭ materia intereso estas eventuale debateblaj aŭ pritrakteblaj, Huntington konsideras, ke ne eblas alfronti kulturajn demandojn tiumaniere. Burke skribas, tamen, ke "Identeco estas daŭre rekonstruata kaj pritraktata", limigita de la realo, ke "La materialoj de kultura rekonstruado estas necese limigitaj de la uzo de estantaj materialoj" (2008, p. 100–01). Huntington tamen ja finas sian argumentadon per la aserto, ke "komuna kulturo ankaŭ instigas kunlaboradon inter ŝtatoj kaj grupoj, kiuj kunhavas tiun kulturon". Ni

74

Identeco

do povas racie ekserĉi solvon sur la kampo de kulturo kaj komunikado – generante sociajn interrilatojn.

## Migrado metropolen kaj 'universala civilizacio'

Pinker konsideras, ke "La pretendo, ke etna unuformeco kondukas al kultura elstareco estas tiel erara kiel eblas. Estas kialo pro kio ni aludas al naivaĵoj kiel *provincaj, paroĥaj* aŭ *insulaj* kaj al malnaivaj aferoj kiel *kulturitaj* kaj *kosmopolitaj*. Neniu tiom brilas por elpensi ion valoran sole per si mem. Unuopuloj kaj kulturoj geniaj estas agregantoj, alproprigantoj, kolektantoj de la plej grandaj furoraĵoj [vidu pri tio ankaŭ Sloman kaj Fernbach 2017]. Kulturoj vibrantaj situas en vastaj kaptejoj, en kiuj homoj kaj inventaĵoj fluas el ĉiu flanko... Tio klarigas, kial la kulturfontoj ĉiam estas komercaj urboj ĉe vojkruciĝoj kaj akvovojoj. Kaj tio klarigas, kial homoj ĉiam estas migremaj, moviĝantaj tien, kie ajn ili povas trovi plej bonajn vivkondiĉojn. Radikoj estas por arboj; homoj havas piedojn" (2018, p. 450–1).

Huntington atribuas la modernan koncepton de unusola civilizacio (neniel konfuzendan kun kosmopolitismo) al "intelektuloj-enmigrintoj en la Okcidento, kiel Naipaul kaj Fouad Ajami", "nov-kosmopolitoj" aŭ "metropolanoj", parolantaj la anglan kaj migrantaj trans landlimoj kaj kulturoj. Tiun koncepton li konsideras erara, kaj Said – kritikante Foucault – parolas pri tio, ke ĝi "ŝajnas reale reprezenti nerezisteblan movadon de koloniado, kiu paradokse fortigas la prestiĝon de kaj la soleca unuopa klerulo kaj la sistemo, kiu lin entenas". Spivak aludas al tio kritikege kiel "la malliberejo de la akademia identecopolitiko" (Huntington 2011, p. 66–7; Spivak 1999, p. 29; Said 1993, p. 336).

Rilate la rolulojn de Vidiadhar Naipaul, Bhabha parolas pri ties komunuma agado, kiu elmontras sindetenon, maltrankvilon kaj ali-proprigon kiel "signojn de kultura pluvivado, kiu ekaperas el la alia flanko de la koloniisma entrepreno, la flanko pli malhela" (1994, p. xiii; ekz. *In a Free State* (1971) de Naipaul pri identeco kaj nacieco). Huntington konsideras, ke la dubinda koncepto "provizas per ege kontentiga respondo al la centra demando: Kiu mi estas?" Plie, "la ideo de universala civilizacio trovas malmultan subtenon en aliaj civili-zacioj." Kvankam religioj, sur kiuj civilizacioj estas historie bazitaj, ĉiu daŭre pretendas esti 'la unusola vera kredo'.

Spivak notas, ke la pli ellaboritaj argumentoj de Derrida simile tiriĝas el la migrinteco, "la duobla respondeco de la Nova Eŭropo, pritakso de 'ontopologio' – io kiel (plur)kultura identecismo – "aksiomatiko, kiu ligas nedisigeble la ontologian [estologian] valoron de estanteco al aŭ sur sian situacion, al la stabila kaj prezentebla determinado de loko, la *topos* de teritorio, indiĝena grundo, civito, korpo ĝenerale," *Specters*, p. 82" (Spivak 1999, p. 431; Derrida 1992; kursivoj laŭ la originalo).

Huntington montras al "la sofismo de la unusola alternativo". Ekzemple, la argumento, ke la disfalo de la sovetia versio de komunismo "signifis la finon de historio kaj la universalan venkon de liberala demokratio tra la mondo" suferas de tia sofismo, "ke la falo de la unua rezultigas la universalecon de la dua". Li plendas pri la "apika orgojlo" de tia konkludo, aldonante, ke tia mensostato povas konduki siajn porparolantojn al novaj konfliktosferoj (2011, p. 66-7). Ambaŭ argumentoj estas nekompletaj. Agnosko kaj praktiko de komunaj valoroj ne postulas komunan, aŭ universalan, civilizacion.

## Kosmopolitismo kaj universalismo – emancipiĝo kaj integriĝo

La inda rekomendado de apartismo verke de Isaiah Berlin, kiun li vidas plej klare ĉe Herder, persvadas lin eligi la eksterordinaran aserton, ke "La kosmpolitismo okazigas la forfaligon de ĉio, kio faras la homon plej homa, plej multe si mem" kaj "vivo troviĝas en tio, ke oni restas trempita en la propraj lingvo, tradicio, kunsentado loka; uniformeco estas morto" (1981, p. 12–3). Tamen, Herder mem ne rekomendis etmensan naciismon.

Herder interesiĝis pri la mensa kaj spirita evoluo de la tuta homaro, liberiĝo de la spirito el dogmoj kaj subpremo. Aparte li komprenis la gravecon de kaj la historia perspektivo kaj la unuopaj kontribuoj de ĉiu nacio al la tuta historio. Berlin skribas, ke "Herder estis nenia naciisto: li supozis, ke malsamaj kulturoj povus kaj devus flori fruktodone flank-al-flanke kiel aro da pacaj floroj en la granda homa ĝardeno; tamen, la semoj de naciismo nemiskomprenebe troviĝas en liaj fervoroj (atakoj) pri enhavomankaj kosmopolitismo kaj universalismo (pri kiuj li akuzis la francajn *philosophes* 'filozofojn')". Tamen, hodiaŭ, ni certe jam preterpasis la dekoka-jarcentan francan filozofion. Berlin ja konfirmas, ke pli malfrue en sia vivo Herder "provis konstrui teorion pri historio, en kiu la tuta homaro, en ia malpreciza maniero, estas bildigita kiel evoluanta voje al komuna *Humanität* ['homeco'], kiu brakumas ĉiujn homojn kaj ĉiujn artojn kaj ĉiujn sciencojn" (1981, p. 11–12). Io tia povus provizi kaj per aparta identeco kaj per senco de komuna destino.

Naciaj kaj universalaj tendencoj ne eliminas unu la alian. Ilia laŭaspekta kontraŭeco similas al nokto kaj tago, kiuj komplementas unu la alian. Ĉiun difinas la esto aŭ malesto de la alia. Kaj ĉiu estas neatingebla idealo, abstraktaĵo el pli vasta realo, tiel ke ni povus, se saĝaj, provi per ekvilibrigo eviti ekstremojn. La kosmopolitismo estas, kiel ajn ni ĝin interpretu, malferma, brakuma idealo, dum la naciismo estas esence fermita, malvastiga perspektivo. Ĉu nin ne ankoraŭfoje alfrontas falsa malo? Nacia sentimento apenaŭ kontraŭas veran scion kaj kunsentojn pri la resto de la homaro kaj agnosko de la egale validaj sentimentoj de aliuloj.

La koncepto de kosmopolitismo evoluis el humanismo. Kwame Appiah ja asertas, ke "Kosmopolitismo... komenciĝas kun tio, kio estas homa ĉe la homaro" (2006, p. 134). Bertrand Russell spuras la kredon pri komuna homaro ĝis la stoikistoj de la tria jarcento a.n.e., kiuj "kredis, ke la homaro estas frataro, kaj ili ne limigis sian kunsentadon al la grekoj. La longa superregado fare de Romio alkutimigis homojn pri la ideo de unusola civilizacio sub unusola registaro." Rezulte, "La koncepto de unusola homa familio, unu katolika eklezio, unu universala kulturo kaj unu mondskala ŝtato hantadas la pensojn de homoj jam de ĝia preskaŭa realigo fare de Romio" (1946, p. 305). Plie, la stoikistoj pensis, ke ne la ŝtato estas la fonto de justo. Leĝojn ili similigis kun la komuna prudento. La aŭtoritato laŭ ili kuŝas en la racio kaj interna morala leĝo.

Habermas skribas, ke bagatelaj identecoj relativiĝas dum socioj organizas sin en naci-ŝtatojn. Identecoj iĝas pli abstraktaj, bazitaj sur komuna apartenado al organizaĵoj teritoriaj. Civilizacioj, kiuj evoluis en imperiojn, "devis fiksi sian kolektivan identecon en maniero, kiu antaŭsupozis rompiĝon kun mitologia pensado. La universalismaj interpretadoj pri la mondo fare de la grandaj fondintoj de religioj kaj de la grandaj filozofoj estigis ĝeneralan konvinkon, kiun peris pedagogia tradicio, kaj permesis nur abstraktajn objektojn de identiĝo" (1991, p. 112).

Kun la transiro al la moderna mondo, la 'universalisma potencialo' de larĝa spektro de kredosintenoj iĝis neevitebla, kaj universalismaj principoj enkadriĝis en civilan juron. La emancipita meza klaso ekpovis reimagi sian kolektivan identecon jure kiel civitanoj liberaj kaj egalaj, morale kiel personoj privataj, kaj politike kiel anoj de ŝtato suverena kaj demokratia. Tamen, kiel observas Habermas, "tiuj abstraktaj difinoj plej taŭgas por la identeco de mondcivitanoj", sed la politika realo de la naci-ŝtato antaŭmalhelpis ian tian praktikan realigon. Des pli, identeco kiel 'mondcivitano' estas malforta kompare kun "la duobla identeco de la civitano de la moderna ŝtato – li estas *homme* [homo] kaj *citoyen* [civitano] unuigite."

Alternativo al nacia identeco, skribas Habermas, estis la eŭropa laborklasa movado, kiu projektis kolektivan identecon, konceptitan kiel socialismo. "Tio estis la unua ekzemplo de identeco, kiu ekpostulis reflektadon." Habermas konkludas per la prijuĝo, ke "Ĝis nun tia identecoformado estas daŭripova sole en sociaj movadoj" kaj dubas, "ĉu socioj en normala ŝtato povus evoluigi tiel fluidan identecon" (1991, p. 113–5).

Leela Gandhi notas, ke Lyotard konsideras "la grandajn rakontliniojn de legitimigo", kiuj karakterizas la modernecon en la Okcidento, "kosmopolitikaj", kiel dirus Kantio. Ili kuntrenas precize 'preteratingon' (*dépassement*) de la aparta kultura identeco favore al universala civita identeco" (Gandhi 1998, p. 41; Lyotard 1992, p. 44–5). Lyotard tamen nur parte pravas, ĉar la okcidentan modernecon reale karakterizas trudata usonigo, vestita kiel 'tutmondigo'.

Bhabha priskribas tiun vaste influhavan, misgvidan specon de tutmondigo. Ĝi aranĝas "la planedon en samcentran mondon de naciaj socioj, etendiĝantaj ĝis tutglobaj vilaĝoj. Temas pri kosmopolitismo de relativa prospero kaj privilegio, fondita sur ideoj pri progreso, kiuj komplicas en novliberalismaj regoformoj kaj en libermerkataj konkurencofortoj" (1994, p. xiv).

Abram de Swaan skizas la 'kosmpolitisman strategion' de kultura elito, laŭ kiu ĝi elektas "pli vaste uzatan lingvon, duan lingvon por konkurenci kun multe pli da produktistoj en multe pli ampleksa merkato" (1998, p. 109). "Tutglobemaj kosmopolitoj tiuspecaj", daŭrigas Bhabha, "ofte vivas en 'imagitaj komunumoj', kiuj konsistas el siliciaj valoj kaj softvar-esplorejoj;... Tia kosmopolito volonte priĝojas mondon el pluraj kulturoj kaj popoloj troviĝantaj ĉe la periferio, kondiĉe ke ili produktas profitdonajn kurtaĝojn en metropolaj socioj. Ŝtatoj, kiuj partoprenas en tia plurkultura plurnaciismo atestas pri sia sindevontigo al 'diverseco' en- kaj eksterlande, kondiĉe ke la demografio de diverseco konsistas grandparte el edukitaj migrintoj ekonomiaj – komputilaj inĝenieroj, politikaj fuĝintoj aŭ malriĉuloj. En sia ĝojo pri 'vortkulturo' aŭ 'tutmondaj merkatoj', tiu speco de kosmopolitismo moviĝas rapide kaj elekteme el unu insulo de prospero al unu plia tereno de teknologia produktivo, frape malpli atentante la persistajn malegalecon kaj mizerigon, faritajn de tia malegala kaj malebena evoluo" (1994, p. xiv).

Rebecka Lettevall atentigas pri la diferenco inter la kosmopolitaj perspektivoj de Kantio, Goeto kaj Ŝillero. La filozofio de Kantio baziĝas sur moraleco, dum tiu de Goeto kaj Ŝillero reprezentas kosmopolitismon kulturan: *Alle denkenden Köpfe verknüpft jetzt ein weltbürgerliches Band* ("Ĉiujn pensantajn kapojn nun kunigas mondcivitana ligo", Ŝillero (Schiller) 1789, p. 15). Tamen, laŭ ŝi la sekvo de tio ĉi estas, ke kvankam la morala starpunkto brakumas la tutan mondon, la kultura kosmopolitismo elbaras la plimulton de la homaro (2001, p. 156). Tiu konkludo, tamen, eventuale estas dudimensia, histori-bazita supozo pri reale tridimensia fenomeno evoludependa.

La soci-antropologo Guilherme Fians skribas, ke "La konceptoj de Kantio pri la kosmopolita juro (Waldron 2000: 229–31) kaj pri politika kosmopolitismo rilatas al universalisma moralo kaj al komuna uzado de la surfaco de la Tero kiel komuna posedaĵo de la homaro (Kant 2010: 21–4 [*Zum ewigen Frieden (Perpetual Peace)*, 1795)]" (Fians 2018, p. 480).

Nek la 'kosmopolitikismo' de Kantio nek la Eŭropa Klerismo estis inkluziva kaj universala, kvankam oni pretendis, ke ili tiaj estas. Simile, ankaŭ la 'tutmondigo' de la nuntempo false pretendas esti universala, dum ĝi apartigas per sia donado al iuj antaŭecon. La vera kosmopolitismo, tamen, necese devas, laŭdifine, enteni kaj 'apartan kulturan identecon' kaj 'universalan civitan identecon'. Tio esencas en la signifo de kosmopolitismo. Lettevall skribas, ke "La kosmopolito estas ne sole mondcivitano, sed ankaŭ persono, kiu serĉas la ligon inter la ordo de la naturo kaj la ordo de la homo" (2000, p. 156). Ia ajn vera nocio de moderna universalismo devas esti aŭtente inkluziva kaj egalisma, alie ĝi klare ne povas esti universala, kaj ĉi tial verŝajne malsukcesos.

"Potencaj socioj estas universalemaj; malfortaj socioj estas apartemaj", skribas Huntington. Tamen, kiom temas pri 'universalismo' de tiaj socioj, ĝi tendencas baziĝi sur la mismoralo de "Ju pli da havo, des pli da pravo", ne sur vera, inkluziva universalismo. Ĉu tion ekzemplas la imperia pasinteco de Britio kompare al ties eksiĝo el Eŭropa Unio? Kaj, ankoraŭfoje imitante la Okcidenton, kune kun azia ekonomia sukceso "venas ankaŭ azia 'Okcidentismo', kiu bildigas la Okcidenton en grandparte la sama unuforma kaj negativa maniero, en kiu la Okcidenta Orientismo laŭdire foje bildigis la Orienton." Malmola potenco generas molan potencon; materian sukceson sekvas kulturtrudado (2011, p. 109).

Kvankam la humanisma idealo pri komuna homaro evoluadis dum la tempo, tamen, kiel substrekas Fians, konceptoj pri kosmopolitismo estas "ĉiam bazitaj sur iuj ideoj pri alieco kaj pri diferencoj, sed ne ĉiam laŭ la sama maniero". Alieco "estas alternative aŭ forstrekita per valorigado de komunaj trajtoj aŭ emfazita kiel la kerno de la diversaj kulturaj kaj naciaj manieroj kunloĝi en la mondo" (2018, p. 490). La nocio de kosmopolitismo implicas koni multajn partojn de la mondo kaj esti libera de limigoj kaj antaŭjuĝoj naciaj. Appiah, en sia verko *Cosmopolitanism: Ethics in a World of Strangers* (Kosmopolitismo: Etiko en mondo de nekonatoj) skribas, ke kvankam ĝi eble pensigas pri malagrabla sinteno de supereco, "troviĝas du fadenoj, kiuj interplektiĝas en la nocio de kosmopolitismo. Unu estas la ideo, ke ni havas devojn al aliuloj, devojn, kiuj etendiĝas preter tiuj, kun kiuj ni parencas, aŭ eĉ la pli formalaj ligoj de kunhavata ŝtataneco. La alia estas tio, ke ni estu seriozaj pri la valoro ne sole de la homa vivo, sed de apartaj homaj vivoj, kio signifas interesiĝi pri la kutimoj kaj kredoj, kiuj igas ilin signifaj" (2006, p. xiii). Estas apenaŭ surprize, ke diktatoroj kiel Stalin kaj Hitler kondamnis la kosmopolitismon. Scio pri aliaj popoloj akcelas pensoliberecon.

## Alispeca kosmopolitismo – transnacia senco de hibrideco

Oni pretendas, ke "la esenco de la tutgloba embaraso troveblas en 'la problemo pri malplimultoj'" (Du Bois 1970, p. 183). La propono de Bhabha pri alispeca, vulgara kosmopolitismo "mezuras tutgloban progreson el la perspektivo de la malplimultoj... [Ĝi estas] de la speco Trinidada, se paroli figure, kiu aperas el la mondo de pormigrulaj pensionoj kaj la loĝlokoj de malplimultoj naciaj kaj dispelitaj" (1994, p. xvi–xvii). Kristeva aludas al 'vundita kosmopolitismo'.

Bhabha klarigas, ke 'la vulgara kosmopolito', prefere ol aserti originojn kaj identecojn, "opinias, ke la sindevigo al 'rajto al diferenco en egaleco' [Hannah Arendt 1951, p. 297], kiel procezo de konsistigo de estiĝantaj grupoj kaj filiiĝoj, temas... pli pri politikaj praktikoj kaj etikaj elektoj".

Minoritataj filiiĝoj kaj solidarecoj leviĝas responde al la malsukcesoj kaj limoj de demokratia reprezentado, kreante novajn manierojn por efektivigado, novajn strategiojn por agnoskado, novajn formojn de reprezentado politika kaj simbola – NROojn, grupojn kontraŭtutglobigajn... La vulgara kosmopolitismo reprezentas politikan procezon, kiu servas direkte al la kunhavataj celoj de demokratia regado, prefere ol simple agnoski jam konsistigitajn 'marĝenajn' politikajn entojn kaj identecojn" (1994, p. xvii–xviii, xx).

Bhabha sugestas, ke tutglobigo "devas ĉiam okazi hejme. Justa mezuro de tutgloba progreso postulas, ke ni unue taksu, kiel tutglobigemaj nacioj traktas 'la internan diferencon' – la problemojn de diverseco kaj redistribuo sur loka nivelo, kaj la rajtojn kaj reprezentojn de malplimultoj regione." Necesas, unue, ataki 'enradikiĝintan facilanimecon' kaj 'strukturan maljustecon' rilate minoritatojn sur la 'fonda nivelo'. Li aldonas: "La socia eldiro de diferenco, el la minoritata perspektivo, estas kompleksa, daŭre okazanta intertraktado, kiu celas rajtigi kulturajn hibridecojn, kiuj aperas en momentoj de historia transformado" (1994, p. xv, 3).

"La hegemonioj ekzistantaj 'hejme' provizas nin per utilaj perspektivoj pri la predaj efikoj de tutgloba regado kiom ajn filantropia aŭ pliboniga eventuale estis la origina intenco." Bhabha citas el Joseph E. Stiglitz pri la koloniisma pensmaniero, kiu kreas "duigitan ekonomion, en kiu troviĝas izolitaj bonhavejoj... Sed duigita ekonomio ne estas evoluinta ekonomio." Ja la *reproduktado* de duigitaj, malegalaj ekonomioj kiel *efikoj* de tutglobigado faras pli malriĉajn sociojn pli vundeblaj per la 'kulturo de kondiĉado', per kiu tio, kion oni pretendas esti pruntedonado, ŝanĝiĝas en premdevigon al politiko... Kiam tutmondan regadon oni plenumas kiel devigan kondiĉadon, estas malfacile ekigi justajn intertraktojn ĉu kun aliancanoj ĉu kun malamikoj" (Bhabha 1994, p. xv–xvi; Stiglitz 2017, p. 167–8). Tiu dueco etendiĝas al preskaŭ ĉiuj terenoj.

Bhabha opinias, ke se ni havas 'rajton rakonti', kiun li konsideras "rimedo por atingi propran nacian aŭ komunuman identecon en tutgloba mondo", do tio "postulas, ke ni reviziu nian sencon de simbola civitaneco" (1994, p. xx, xxii–xxiii). Bhabha sugestas, ke ni eble provu "vivi iel preter la limo de niaj tempoj", ĉar "La imago de spaca distanco... reliefigas la tempajn, sociajn diferencojn, kiuj interrompas nian koluzian sencon de kultura samtempeco" (1994, p. 6). Ĉu tiu 'spaca distanco' ne estas 'la interspaco', kie Pinky Hota sugestas, ke ni eble pli sukcese trovu kulturon: "en kontraŭdiroj – breĉoj inter pretendataj sociaj reguloj kaj ĉi ties multegaj ĉiutagaj malobservoj"? "Ja tiu breĉo inter liberala racio... kaj profunde sentata enkorpigita moraleco" estas ekirpunkto por ŝia argumentado (2017, p. 197, 199).

Bhabha rakontas pri la ĉiutago, "vivata en tiu riĉa kulturmiksaĵo de lingvoj kaj vivstiloj, kiun la plej kosmopolitaj barataj urboj festas kaj eternigas en sia vulgara estado". El tiu sperto "Lernado labori kun la kontrapunktaj tonoj de lingvoj *travivataj*, kaj lingvoj *lernitaj*, posedas potencialon por kritika kaj krea impulso rimarkinda" (1994, p. x).

Oni agnoskas, ke pluraj perspektivoj estas akomodendaj, kvankam por ekdiskuti tion, kion Hota nomas "la streĉitecoj kaj ŝoviĝoj, kiuj distruas daŭrajn projektojn pri plurkulturismo", ne plej malgrave ripetadon de la koloniisma vidpunkto, ni bezonas agnoski, ke la perilo por pritrakti kulturbreĉon ĉefe estas lingvo. Bhabha emas opinii, ke "troviĝas superverŝa kvanto da atestaĵoj pri pli transnacia kaj traduka senco de la hibrideco de imagitaj komunumoj" (1994, p. 7). Por malkovri ĝin en la nuntempo kaj por la estonteco, ni bezonas krome kompreni, ke ĝi brakumu la moralan kaj la kulturan samkiel ĝi estu evidente preter la koloniisma vidpunkto.

Lyotard konfesas, ke ne estas evidente al li, kiel eblus progresi preter aparta kultura identeco direkte al civitana identeco universala (1992, p. 44–5). Kunkekste de Eŭropa Unio, "Kristeva argumentas por unualokeco de naci-konservanta *esprit général* (ĝenerala solidareco) fronte al la apartismaj pretendoj subtenantaj identecan politikon, kiel la pretendoj de virinaj kaj minoritataj elementoj" (Dayal en Kristeva 2000, p. 21). David Goodhart komentas, ke la prirajta revolucio por virinoj kaj malplimultoj, kiu okazadas depost la 1960aj jaroj, "reprezentis antaŭsalton de homa libereco kaj egaleco. Sed troviĝis ankaŭ pli ĝenerala 'emancipa' impulso malakcepti sindevigon kaj tradicion, kio kontribuis al hulo de tiuj sociaj patologioj, post kiuj ni nur nun renormaliĝas" (2017, p. 222). Nandy, traktante la pli larĝan, postkolonian perspektivon, konsideras la identecojn kaj de la koloniinto kaj de la koloniito hibridaj kaj nestabilaj, kaj "argumentas, ke la etiko de postnacia/postkolonia utopio povas ektrakti la postulojn de sia inter-civilizacia alianco, nur unue koncedinte la proksim-ligitecon de mastroj kaj sklavoj" (Gandhi 1998, p. 138–9; Nandy 1986, p. 356). Bhabha priskribas la "komplikajn historiojn de subkontinentaj [barataj] kulturoj, kaptitaj en tiu mortiga brakumo de Imperia potenco kaj superrego, kiu ĉiam produktas malagrablan restaĵon de malamikeco kaj amikeco" (1994, p. ix). Li volas "vivigi bildon de tio, kion signifas postvivi, produkti, peni kaj krei, ene de monda sistemo, kies plej gravaj ekonomiaj impulsoj kaj kulturaj investaĵoj estas direktitaj for de vi, de via lando kaj de via popolo. Tia neglekto povas esti profunde nea sperto, subprema kaj elbara, kaj ĝi spronas vin al rezistado de la polusoj de potenco kaj antaŭjuĝo, al atingo preter kaj malantaŭ la ofendaj rakontlinioj de centro kaj periferio" (1994, p. xi).

La unua respondo devas veni, komprenble, per aŭtenta, etika dialogo kun la koncernuloj, precipe kun tiuj, kiuj estas flankenŝovitaj de tio, kio nun nomiĝas 'mola potenco', la moderna testamentaĵo el la koloniisma 'civiliza misio'. Necesas reĝustigi la modernan 'kombinseruron' egalrajte, antaŭ ol rekomenci la diskurson. Jam antaŭ tio, tamen, necesas per faktoj eviti misinformojn, antaŭjuĝojn kaj popolismon per faktoj.

## 'La fino de la historio' – refoje

Pinker atentigas, ke troviĝas "deklaroj... ke ni atingis 'la fintempon de la homaj rajtoj', 'la krepuskon de la juro pri homaj rajtoj', kaj, komprenble, 'la post-homrajtan mondon'". Fukuyama, samkiel Hegel, perceptas la historion kiel batalon inter malsamaj mondperceptoj, vivmanieroj kaj sociaj idealoj. Lia 'fino de la historio' alvenis per la atingo de liberala demokratio (Nordin 2011, p. 21; Fukuyama 1992). Pinker atribuas la malhelvidemon al konkludoj, ke registaroj estas "same subprememaj kiel ĉiam". Li tamen opinias, ke tio ŝuldiĝas al pli akraj metodoj de malkovro, kiuj misgvidas nin "pensi, ke troviĝas pli da mistraktado malkovrebla" (2018, p. 207; Sikkink 2017).

Komprenble, temas pri tio, ke devas finiĝi la rajtoj de 'la aliuloj' laŭ la leviĝo de specoj de novfaŝismo en Usono, Rusio, la cetero de Eŭropo, la islama mondo, Azio kaj aliloke. Ne temas pri perdo de la propraj rajtoj, ĝis ankaŭ ili fariĝas la temo. Eble la plej malfacila problemo, kiu alfrontas la internacian komunumon, estas trovi solvon al la klara antitezo inter homaj rajtoj kaj la principo de suvereneco. Mannheim akcentis la gravan punkton, ke dum la 1930aj jaroj oni malsukcesis kontraŭstari la faŝismon kaj naziismon kaj malsukcesis subteni demokratiajn valorojn ĝis preskaŭ tro malfrue por savi liberecon. "Neintervenema Liberalismo erare komprenis neŭtralecon kiel toleremon" (1945, p. 7). Certe devas esti vere, ke neniu estos vere libera ĝis iu ajn atenco kontraŭ justeco por eĉ unu individuo estos agnoskita kiel atenco kontraŭ ĉiuj. "Efektive," kiel notas Aniket Jaaware, "klare videblas, ke tiuj filozofioj, kiuj alte taksas 'la alian' aŭ, per pli preciza formulo, 'aliecon' pli ol la memon estos pli probable altruismaj..." (2019, p. 47).

La alvoko de Zamenhof estas ĝuste tia altruisma filozofio. Ĝi "direktiĝis ne al kosmopolita juro aŭ al nuligo de ĉiuj landoj, nacioj kaj naciecoj, sed al kosmpolita orientiĝo, kiu estus plenumata pere de malfermeco al la Aliulo kaj al lingvoj, naciaj kaj etnaj diferencoj" (Fians 2018, p. 480–1). Alivorte, li povis brakumi la aspektojn kaj moralan kaj kulturan. Ĉi-teme Said notas, ke "rakontlinioj emancipadaj kaj klerigaj en sia plej forta formo estis rakontlinioj ankaŭ integrigaj, ne apartigaj" (1993, p. xxx). Tamen, kunlaboro kaj klerigo postulas la antaŭkondiĉojn de bonvolo kaj komuna lingvo. Kiel skribis Herbert Marcuse, "La socia esprimo de la liberigita laborinstinkto estas *kunlaborado*, kiu, bazita en solidareco, direktas la organizon de la regno de neceso kaj la evoluigon de la regno de libereco" (1972, p. 93).

Fine de la deknaŭa jarcento, kaj kontraŭe al la alt-imperiismo laŭ la modo de tiu tempo, la trajtoj de diferenco identigitaj fare de Zamenhof "rilatis al nacio, etno kaj religio, dum la kulturaj temoj – ne plu same prezentitaj kiel identigaj trajtoj – nuntempe elstaraj rilatas ĉefe al naciaj, lingvaj kaj kulturaj manifestacioj [manifestaĵoj] de diverseco." Tion ĉi Fians nomas 'internaciisma kosmopolitismo', laŭ kiu la malsamajn kulturojn kaj lingvojn oni produktive priĝojas en reciproka respekto, kontraste al ekstermoda, esence socialisma 'sennaciismo', aŭ al pli kutima ĝenerala internaciismo, aŭ 'humanisma kosmopolitismo', laŭ kiu la nacion kaj naciecon oni simple malemfazas, kiel ĉe Eŭropa Unio (Fians 2018, p. 490; Zamenhof 1929).

## "Kiel la homa mondo travivu sian diferencon?"

Bhabha asertas, ke "Jam alvenis la tempo reiri al Fanon: ... kun demando: kiel la homa mondo travivu sian diferencon; kiel homo vivu Ali-ece?" (1994, p. 91). Bhabha citas el Terry Eagleton, kiu opinias, ke ankoraŭ mankas al ni politika teorio, aŭ teorio prisubjekta, kiu kapablas adekvate kapti socian transformadon, almenaŭ mankas teorio, kiu ne estas senenhave apokalipsa (Bhabha 1994, p. 91–2; Eagleton 1988).

Finante sian ĉapitron 'Ekzamenante identecon', Bhabha observas, ke "Tio, kio restas pripensota, estas la *ripetema* deziro agnoski nin mem duoble, kiel, samtempe, decentrigitaj ĉe la politika grupo en procezoj de solidareco kaj koincido de interesoj, kaj tamen, nin mem kiel konscie engaĝiĝinta, eĉ individuigita, peranto de ŝanĝado". Sekve, li argumentas, ke ni eble devos refiguri tion, kion ni komprenas pri la civita kaj psika regnoj de la socio "por remalkovri senson de politika kaj persona peranteco". Kontraŭe al Fukuyama li aldonas: "Ĉi tie eble ne estas loko por fini, sed ĝi eventuale estas loko por komenci" (1994, p. 92–3).

Claude Piron skribas, ke "Se la homoj ne estu fremdaj unu por la alia, necesas strebi al tio, ke ili renkontiĝu kiel egaluloj sur la plej specife homa tereno, la tereno de la dialogo, de interkomunikado, por ke ĉiu, konservante la proprajn lingvojn kaj kulturojn, povu kontakti aŭtente la reston de la mondo sen devi transvesti sin per alilanda identeco" (1987, p. 577).

La observo de Piron memorigas pri la ekapero de Japanio en la modernan mondon post la jaro 1853, post kio la ĉiutaga uzado de tradiciaj japanaj vestoj estis forlasita favore al la okcidenta modo, ĉar la aŭtoritatoj perceptis, ke iliaj okcidentaj paraleluloj konsiderus ilian vestomanieron necivilizita. Tiu Okcidenta antaŭsupozo – se ne diri aroganteco – ankoraŭ persistas. Piron atentigas pri la ekzemplo, ke se aziano aŭ afrikano deziras interagi en internacia kunteksto, okcidenta lingvo estas alprenenda. Alikaze la nekonformulo plej verŝajne estos konsiderata nekonvene edukita kaj tial malinda kaj eksterkaza en la metropola establo. 'Mahatma' Gandhi estis tiel perceptata de Winston Churchill.

Appiah rimarkigas pri interligo "neglektata en parolado pri la hereda posedaĵo kultura". Temas pri "la interligo ne *per* identeco sed *spite* diferencon" (2006, p. 135). Brugmans, ekzemple, jes agnoskas, ke multaj eŭropaj naciecoj ja akceptas senson, laŭ kiu ili estas eŭropanoj malgraŭ edukiĝo en diferencon. Tio provizas per espero pri pozitiva socia evoluo, ĉar, kiel skribas Appiah, "La interligo per loka identeco estas same fantazia kiel la interligo per la homaro... sed tion diri ne estas deklari iun el ili nereala. Ili estas inter la plej realaj interligoj, kiujn ni havas" (2006, p. 135).

Kio nepras, laŭ Bhabha, estas transformado de "la kondiĉoj de [elparolado] sur la nivelo de la [signo] – kie temas pri la intersubjekta regno – ne simple per starigo de novaj simboloj de identeco, novaj 'pozitivaj figuroj', kiuj provizas per brulaĵo por nereflektema 'identopolitiko'" (1994, p. 354). Venas en la kapon la provoj de Eŭropa Unio plifortigi la eŭropan identecon, kio apenaŭ formas transformadon

Geoffrey Sutton

"kie temas pri la intersubjekta regno". Kiel komentas Anderson, *"per si mem*, merkataj zonoj, ĉu 'naturaj'-geografiaj, ĉu politik-administraj, ne kreas korajn ligojn" (2016, p. 53). Tiaj interligoj estas formataj sur la interpersona nivelo, helpataj aŭ malhelpataj de aŭtoritatoj. Por tiaj interligoj nemalhavebla estas la lingvo. La perilo estas aŭ lingvo aŭ ĝi komunikendas pere de lingvo.

Kontraste kun la nedissolveblaj regnoj de la scio kaj la penso, "la tuta kampo de impuls- kaj influ-strukturoj" restas en mallumo. Elias opinias, ke "iu ajn esploro, kiu konsideras sole la konscion de homoj, ilian 'racion' aŭ 'ideojn', ignorante la strukturon de impulsoj, la direkton kaj formon de homaj afekcioj kaj pasioj, povas jam de la komenco esti de nur limigita valoro." Li emfazas, ke necesas atenti "la ŝanĝiĝantan ekvilibron kaj la ŝanĝiĝantan formon de la interrilatoj inter impulsoj kaj influoj unuflanke kaj impuls- kaj influ-regado aliflanke" (2000, p. 408–09).

Pinker atentigas nin pri la "revolucia analizo de racio en la publika sfero" fare de Dan Kahan, kiu argumentas, ke "certaj kredoj iĝas simboloj de kultura aliĝinteco. Homo konfirmas aŭ malkonfirmas ĉi tiujn kredojn por esprimi ne tion, kion ili *scias*, sed kiuj ili *estas*." Racion superatutas identeco.

En la realo, skribas Pinker, "Ni ĉiuj identigas nin kun certaj triboj aŭ subkulturoj, el kiuj ĉiu brakumas kredon pri tio, kio formas bonan vivon kaj kiel la socio devus sin funkciigi" (2008, p. 357–9; Kahan k.a. 2011, p. 15). Kurt Lewin komentas pri la socia realo, ke "tio, kio ekzistas kiel 'realo' ĉe unuopulo estas altgrade determinita de tio, kio estas socie akceptita kiel realo... 'Realo' do ne estas absoluta. Ĝi malsamas laŭ la grupo, al kiu apartenas la unuopulo" (Lewin 1948, p. 57; Bourdieu 1971, p. 195). Ekzemplo de tio estas la manieroj, en kiuj Yukio Tsuda kaj liaj usonaj kunparolantoj perceptas ĉiu siajn transkulturajn rilatojn (2014, p. 445–56).

Huntington plupaŝas per sia priskribado de civilizacioj kiel "la plej superanivelaj homaj triboj" kaj sia malakcepto de esperoj pri civilizaciaj 'partnerecoj', ĉar laŭ li la interfrapiĝo de civilizacioj antaŭsignas tribajn konfliktojn sur tutgloba skalo (2011, p. 207). Burke notas, ke tiu koncepto de civilizacia interfrapiĝo nun regas en Usono post la falo de la Malvarm-milita koncepto de politikaj kaj ekonomiaj distingoj (2008). Bhabha scivolas, ĉu la koncepto estas laŭreale motivita aŭ "senenhave apokalipsa" (1994, p. 91–2).

Tiuj triboj havas ĉiu sian 'markon', kaj Kahan nomas la fenomenon "la Tragedio de la Risk-Percepta Komunaĵo" (Pinker nomas ĝin "la Tragedio de la Kredo-komunaĵo") – "kio estas racia kredo por unuopulo (bazita sur estimo) povas esti neracia ago por socio kiel tuto (bazita sur realo)."

"Esprimi malĝustan opinion pri politikigita demando", skribas Pinker, "povas eĉ en plej bona okazo ŝajnigi onin kuriozulo". Bedaŭrinde, en sia admirinda verko *Enlightenment Now* (Klerismo nun, 2018, p. 358, 451), li mem kolizias kun sia propra filozofio pro antaŭjuĝa miskompreno. Li malkaŝas sin kiel ano de la 'tribo', kiun li kromnomas 'la anglosfero'. Komprenebe, ni ĉiuj membras en diversaj 'triboj', kio ja estas natura kaj neniel hontinda. Aliflanke, en vere elstara verko, kiu antaŭenigas la racion, sciencon, humanismon kaj progreson, oni ne devus karikaturi Esperanton, kiu malgraŭ manko de agnosko kaj nekonformo al la modo, tamen estas unika lumilo de la indaj valoroj de raciaj sociaj interrilatadoj bazitaj sur egaleco, kiujn Pinker pretendas apogi. John Edwards parolas pri Esperanto kiel potenciala portanto de "ioma transnacia identeco" (1985, p. 162). Kredeble ne ekzistas alia kulturo, kiu brakumas tiujn valorojn ĝuste kiel sian ekzistokialon (Lieberman 1979, p. 80–107).

Sur la internacia nivelo, la lingvo kaj la kulturo reprezentas ne-eviteblajn filiecojn 'tribajn', kion Habermas priskribas kiel "konservante la atendojn de la familio, grupo aŭ nacio de la individuo… perceptata kiel valora en si mem, sen konsideri tujajn kaj evidentajn konsekvencojn" (1991, p. 79). Do ŝajne sekvas, ke la potenco de la racio povas malŝlosi antaŭenigon kaj subtenadon de bonaj interrilatoj. Sur alia paĝo Pinker pensas, ke "Unu defio de nia epoko estas kiel inspiri intelektan kaj politikan kulturon, kiun stiras racio, pli ĝuste ol tribismo kaj reciproka reagado" (2018, p. 375). Kelkajn paĝojn pli frue li skribis, ke intelekta kulturo, kiu firme defendas klerismajn valorojn kaj kiu ne cedas al religio kiam ĝi kunfrapiĝas kun humanismaj valoroj, "povus servi kiel gvidlumo por studentoj, intelektuloj kaj malfermmensaj homoj aliloke tra la mondo" (2018, p. 443). Eble ne estas malprudente konkludi el la atestoj de Elias kaj Kahan, ke progresemaj ideoj raciobazitaj pli kapablos sukcesi esti socie produktivaj, kiam ili kunligiĝas kun akcelo kaj plibonigo de interpersonaj rilatoj.

Pinker tamen avertas, ke "Efika trejnado al kritika pensomaniero kaj kogna malbiasado eble ne sufiĉos por kuraci identecoprotektan kognon" (2018, p. 379). Kvankam li listigas manieriojn alfronti tiun malordon, eble montriĝos esti aparte malfacila tasko, kiam rekte koncernas la lingvon kaj kulturon proprajn de homoj, aŭ eĉ tian, kian oni instruis al ili akcepti kiel propran. En tiaj kazoj, aliroj funkcias plej bone, kiam ĉiuj koncernatoj konsentas serĉi solvon. Kiam, alikaze, problemon ne agnoskas la aktualaj aŭtoritatoj – kutime kiam ili havas enradikiĝintan intereson – la potencovolo akiras aktivan avantaĝon. Ĉi-kaze du aliroj ŝajnas konveni: la malrapida gutetado de racio sur la graniton de nescio kaj malklero, kaj la nutrado de pozitivaj interrilatoj, konstruitaj sur firma fundamento de nedubeble egaleca respekto.

## Bibliografio

Anderson, B. (2016): *Imagined Communities: Reflections on the Origin and Spread of Nationalism.* Londono/Novjorko: Verso.

Appiah, K. A. (2006): *Cosmopolitanism: Ethics in a World of Strangers.* Novjorko: Norton.

Arendt, H. (1951): *The Origins of Totalitarianism.* Novjorko: Harcourt, Brace & Co.

Beetham, D. kaj K. Boyle (2000): *Kio estas demokratio? 80 demandoj kaj respondoj.* Roterdamo: UEA.

Berlin, I. (1981): *Against the Current: Essays in the History of Ideas.* Enkonduko de R. Hausheer. Oksfordo: Oxford University Press.

Bhabha, H. K. (1994): *The Location of Culture.* Londono/Novjorko: Routledge.

Bott, E. (1957): *Family and Social Network. Roles, Norms, and External Relationships in Ordinary Urban Families.* Londono: Tavistock.

Bourdieu, P. (1971): 'Systems of Education and Systems of Thought' en Young, M. F. D., red. *Knowledge and Control: New Directions for the Sociology of Education.* Londono: Collier-Macmillan; p. 189–207.

Brown, R. (1965): *Social Psychology.* Londono: Collier-Macmillan; Novjorko: The Free Press.

Brugmans, H. (1987): 'Five starting points' en *Europe from a Cultural Perspective*, red. A. Rijksbaron, W. H. Roobol kaj M. Weisglas. Hago.

Brugmans, H. (1988): *Wij, Europa: een halve eeuw strijd voor emancipatie en Europees federalisme.* Prinotita de H. Kristen. Leuven: Kritak.

Bull, H. kaj A. Watson (red.) (1984): *The Expansion of International Society.* Oksfordo: Clarendon Press.

Bullivant, B. M. (1981): *The Pluralist Dilemma in Education: Six Case Studies.* Sidnejo: Allen & Unwin.

Burke, P. (2008, 2a eld.): *What is Cultural History?* Kembriĝo: Polity Press.

Cassaniti, J. L. kaj U. Menon (red.) (2017): *Universalism without Uniformity. Explorations in Mind and Culture.* Ĉikago / Londono: University of Chicago Press.

Derrida, J. (1992): *The Other Heading: Reflections on Today's Europe.* Elfrancigis P.-A. Bault kaj M. B. Naas. Bloomington kaj Indianapolis: Indiana University Press.

Dirlik, A. (1996): 'The Global and the Local' en R. Wilson kaj W. Dissanayake (red.) *Global/Local: Cultural Production and the Transnational Imaginary.* Durham, NC: Duke University Press.

Drace-Francis, A. (2013): *European Identity. A Historical Reader.* Basingstoke / Novjorko: Palgrave Macmillan.

Dua, H. R. (1996): 'The Politics of Language Conflict: Implications for Language Planning and Political Theory' en *Language Problems and Language Planning*, vol. 20, n-ro 1, p. 1–17.

Du Bois, W. E. B. (1970): 'Human Rights for all Minorities' (nov. 7, 1945), repr. en *W. E. B. Du Bois Speaks: Speeches and Addresses 1920–1963*, red. P. S. Foner. Novjorko: Pathfinder Press; p. 183.

Eagleton, T. F. (1988): 'The Politics of Subjectivity' en L. Appignanesi (red.) *Identity.* ICA Documents 6. Londono: Institute of Contemporary Art.

Easthope, A. kaj K. McGowan (2004, 2a eld.): *A Critical and Cultural Theory Reader.* Buckingham: Open University Press.

Edwards, J. R. (1985): *Language, Society and Identity.* Oksfordo kaj Novjorko: Blackwell.

Elias, N. (2000): *The Civilizing Process: Sociogenetic and Psychogenetic Investigations.* Oksfordo: Blackwell. Unue eld. kiel *Über den Prozeß der Zivilisation*, 1939.

Eliot, T. S. (1949): *Notes towards the Definition of Culture.* Novjorko: Harcourt, Brace & Co.

Erikson, E. (1968): *Identity and the Life Cycle.* Enkonduko de D. Rapaport. Novjorko: Norton.

Ertl I. kaj F. Lo Jacomo (1994): *Esperanto kaj la estonteca plurlingvismo. Diskuto kun Umberto Eco.* Esperanto-Dokumento 32E. Roterdamo: UEA.

Fanon, F. (1970): *Toward the African Revolution.* Londono: Pelican. Unue eld. kiel *Pour la révolution africaine*, 1969.

Fians, G. (2018): 'La kosmopolito kaj la aliulo: Historiaj konsideroj pri diferenco kaj diverseco laŭ la vidpunkto de esperantistoj' en H. Gotoo k.a. (red.) *En la mondon venis nova lingvo. Festlibro por la 75-jariĝo de Ulrich Lins.* Novjorko: Mondial; p. 475–95.

Freire, P. (2017): *Pedagogy of the Oppressed.* Londono: Penguin Random House. Unue eld. kiel *Pedagogia do oprimido* (1968), 9a eld. Rio-de-Ĵanejro: Editora Paz e Terra, 1981.

Fukuyama, F. (1992): *The End of History and the Last Man.* Londono: Hamish Hamilton.

Gandhi, L. (1998): *Postcolonial Theory: A Critical Introduction.* Novjorko: Columbia University Press.

Habermas, J. (1991): *Communication and the Evolution of Society.* Elgermanigis T. McCarthy. Oksfordo: Polity Press.

Haidt, J. kaj P. Rozin (2017): Haidt, J. (2017): 'How Cultural Psychology Can Help Us See "Divinity" in a Secular World' en Cassaniti kaj Menon (2017), p. 32–44.

Hauser, A. (1972): 'Propaganda, Ideology and Art' en Mészáros I. (red.) *Aspects of History and Class Consciousness.* Novjorko: Herder & Herder; p. 128–51.

Hickman, J. R. (2017): 'Acculturation, Assimilation, and the "View from Manywheres" in the Hmong Diaspora' en Cassaniti kaj Menon (2017), p. 173–96.

Hota, P. (2017): 'Vexed Tolerance: Cultural Psychology on Multiculturalism' en Cassaniti kaj Menon (2017), p. 197–213.

Hughes. H. S. (1961): *Contemporary Europe: A History.* Eaglewood Cliffs: Prentice-Hall.

Huntington, S. P. (2011): *The Clash of Civilizations and the Remaking of World Order.* Novjorko: Simon & Schuster.

Jaaware, A. (2019): *Practicing Caste: On Touching and Not Touching.* Antaŭparolo de A. Rao. Novjorko: Fordham University Press.

Jary, D. kaj J. Jary (1995, 2a eld.): *Dictionary of Sociology.* Glasgovo: Harper Collins.

Kahan, D. M. k.a. (2011): *The Tragedy of the Risk-Perception Commons: Culture Conflict, Rationality Conflict, and Climate Change.* Cultural Cognition Project Working Paper 89; papers.ssrn.com/sol3/papers.cfm?abstract_id=1871503.

Kant, I (2010): *Perpetual Peace: A Philosophical Sketch.* Orig. *Zum ewigen Frieden: Ein philosophischer Entwurf,* 1795. Filadelfio kaj Syracuse: Slought Foundation & the Syracuse University Humanities Center.

Kristeva, J. (2000): *Crisis of the European Subject.* Enkonduko de S. Dayal. Elfrancigis S. Fairfield. Novjorko: Other Press.

Lapenna, I. (1958, 2a eld.): *Retoriko: kun aparta konsidero al Esperanta parolarto.* Roterdamo: UEA.

Lettevall, R. (2001): *En europeisk kosmopolit. En idéhistorisk studie av Immanuel Kants* Om den eviga freden *och dess verkningshistoria.* Stokholmo/Stehag: Brutus Östlings Bokförlag.

Lewin, K. (1948): *Resolving Social Conflicts.* Novjorko: Harper & Bros.

Lieberman, E. J. (1979): 'Esperanto and Trans-national Identity: The Case of Dr Zamenhof' en *International Journal of the Sociology of Language,* n-ro 20, p. 80–107.

Limbach, J. (2008): *Hat Deutsch eine Zukunft? Unsere Sprache in der globalisierten Welt.* Munkeno: C. H. Beck.

Lyotard, J.-F. (1992, red. J. Pefanis kaj M. Thomas): *The Postmodern Explained to Children: Correspondence 1982–1985.* Sidnejo: Power Publications.

McGuire, W. J. kaj C. V. McGuire (1988): 'Content and Process in the Experience of Self' en *Advances in Experimental Social Psychology*, n-ro 21.

Mannheim, K. ([1936] 1960): *Ideology and Utopia*. Londono: Routledge & Kegan Paul.

Mannheim, K. (1945, 3a eld.): *Diagnosis of Our Time: Wartime Essays of a Sociologist*. Londono: Kegan Paul.

Mizumura M. (2008): *Nihongo ga horobiru toki: Eigo no seiki no naka de*. Tokio: Chikuma Shobo. Angligis M. Yoshihara kaj J. Winters Carpenter kiel *The Fall of the Japanese Language in the Age of English*. Novjorko: Columbia University Press, 2015.

Naipaul, V. S. (1971): *In a Free State*. Londono: Deutsch.

Nandy, A. (1986): 'Oppression and human liberation: toward a post-Gandhian Utopia' en *Political Thought in Modern India*. T. Pantham kaj K. L. Deutsch (red.) Novdelhio: Sage; p. 347–59.

Nordin, S. (2011): *Varför idéhistoria?* Lund: Studentlitteratur.

Orman, J. (2008): *Language Policy and Nation-Building in Post-Apartheid South Africa*. Dordrecht: Springer.

Phillipson, R. (2003): *English-Only Europe? Challenging Language Policy*. Londono: Routledge. Elangligis I. Ertl kiel *Ĉu nur-angla Eŭropo? Defio al lingva politiko*. Roterdamo: UEA, 2004.

Pinker, S. (2018): *Enlightenment Now: The Case for Reason, Science, Humanism and Progress*. Londono: Penguin.

Piron, C. (1987): 'Esperanto, formo de humanismo' en A.-M. Bernal (ed.) *Serta gratulatoria in honorem Juan Régulo*. Vol. II Esperantismo. La Laguna: Universidad de la Laguna; p. 571–8.

Reagan, T. (2009): recenzo de J. Orman (2008) *Language Policy and Nation-building in Post-Apartheid South Africa* in *Language Policy and Language Planning*, vol. 33, n-ro 3, p. 294–9.

Russell, B. (1946): *A History of Western Philosophy and its Connection with Political and Social Circumstances from the Earliest Times to the Present Day*. Londono: Allen & Unwin.

Said, E. W. (1993): *Culture and Imperialism*. Londono: Chatto & Windus.

Schiller, F. (1789): 'Was heißt und zu welchem Ende studiert man Universalgeschichte' (Jenaer Antrittsrede) en *Werke*, vol. 4. Salcburgo 1983.

Shweder, R. A, N. C. Much, M. Mahapatra kaj L. Park (1997): 'The "Big Three" of Morality (Autonomy, Community and Divinity), and the 'Big Three' Explanations of Suffering' en *Morality and Health*, red. A. M. Brandt kaj P. Rozin. Novjorko: Routledge; p. 119–69.

Sikkink, K. (2017): *Evidence for Hope: Making Human Rights Work in the 21st Century*. Princeton, NJ: Princeton University Press.

Sloman, S. kaj P. Fernbach (2017): *The Knowledge Illusion: The Myth of Individual Thought and the Power of Collective Wisdom*. Londono: Pan.

Smalley, W. A. (1994): *Linguistic Diversity and National Unity: Language Ecology in Thailand.* Ĉikago kaj Londono: University of Chicago Press.

Spivak, G. (1999): *A Critique of Postcolonial Reason: Toward a History of the Vanishing Present.* Kembriĝo, MA/Londono: Harvard University Press.

Stiglitz, J. E. (2017): *Globalization and Its Discontents Revisited.* Londono: Penguin.

Swaan, A. de (1998): 'A Political Sociology of the World Language System: The Unequal Exchange of Texts' in *Language Problems and Language Planning*, vol. 22, n-ro 2, p. 109–28.

Tajfel, H. kaj J. Turner (1979): 'An Integrative Theory of Intergroup Conflict' en W. G. Austin kaj S. Worchel (red.) *The Social Psychology of Intergroup Relations.* Monterey: Brooks-Cole.

Tonkin, H. (2018): 'Esperanto kaj monda literaturo' en *En la mondon venis nova lingvo. Festlibro por la 75-jariĝo de Ulrich Lins.* Novjorko: Mondial; p. 542–79.

Tsuda Y. (2014, 2a eld.): 'The Hegemony of English and Strategies for Linguistic Pluralism: Proposing the Ecology of Language Paradigm' en M. K. Asante, Y. Miike kaj J. Yin (red.) *The Global International Communication Reader.* Novjorko / Londono: Routledge; p. 445–56.

Vendryès, J. (1921): *Le Langage.* Paris: La Renaissance du livre.

Waldron, J. (2000): 'What is cosmopolitan?' en *Journal of Political Philosophy*, vol. 8, n-ro 2, p. 227–43.

Weinstein (1987): 'Language Planning and Interests' en *Proceedings of the International Colloquium on Language Planning.* Kebeko: Les Presses de l'Université Laval.

Zamenhof, L. L. (1929) (red. J. Dietterle): *Originala Verkaro.* Lepsiko: Ferdinand Hirt, 1900.

# Rakonti *romane*

La fabelo pri Neĝblankulino kaj la sep nanoj, la mito pri Noa kaj la diluvo, la epopeo pri la vojaĝoj de Odiseo, la fablo pri pigra grilo kaj diligenta formiko, la balado de la pendumitoj, la teatraĵo pri la amo inter Romeo kaj Julieta, la romano pri Donkiĥoto kaj la ventmueliloj, la novelo pri damo kun hundeto, la filmo pri ŝakpartio inter kavaliro kaj la morto – ĉu ili havas ion komunan, malgraŭ ĉiuj diferencoj? Jes, ili ĉiuj estas esence rakontoj. Tiel longe kiel ni scias, la homoj ĝis aŭskulti, poste legi, ankoraŭ poste spekti rakontojn. Tiuj verkoj povis varii laŭ formo, amplekso, enhavo, celo. Ili celis klarigi, instrui, edifi, timigi, pensigi, amuzi, distri, sed ĉiam ili faris tion transportante la homojn provizore en aliajn lokon, tempon, estadon. Ili do estis rimedo por sperti ion trans la ordinara ĉiutaga vivo. Ili kreis kontakton kun dioj, herooj, princinoj, gnomoj aŭ simple homoj en aliaj situacioj realaj aŭ fantaziaj. Ili prezentis eblon dum kelka tempo esti iu alia ol si mem, kaj tio ŝajnas esti eterna homa revo.

El la literaturaj ĝenroj ĵus menciitaj kelkaj apartenas plejparte al la pasinteco, dum aliaj tre vivas hodiaŭ. La romano ja havas malnovajn radikojn, sed kiel ĝenro dominanta kaj respektata ĝi estas relativa novaĵo. Se ni pensas pri romano psikologie realisma sen evidenta celo morale edifi, ĝi aĝas malmulte pli ol ducent jarojn. Dum tiu tempo ĝi tamen disbranĉiĝis en ampleksan aron da subĝenroj, rakontaj formoj kaj stiloj.

Dum la lasta jardeko mi verkis vicon da romanoj en Esperanto, kio devigis min de temp' al tempo pensi pri diversaj manieroj rakonti romane. Unu tagon trafis min la frenezeta ideo ke eble interesus iujn aliajn legi pri kelkaj el miaj spertoj. Povus esti ke tio eĉ instigus al diskuto.

## Legi kaj verki

Mi pasigis jam sepdek jarojn legante. Okazis tiel ke mia pli aĝa fratino kaj ŝia amikino ludis lernejon kun mi kiel lernanto, kun la rezulto ke mi eklegis trijara. Verŝajne pasis multaj jaroj ĝis mi ekkonsciis ke realaj homoj elpensis la rakontojn kaj versaĵojn, kiujn mi legis. Kaj ĝis la ideo ke mi mem povus krei ion tian, pasis eĉ jardekoj. Fakte mia vojo al la beletra verkado estis longa kaj malglata. Miaj unuaj svedlingvaj rakontoj en aĝo de apenaŭ tridek jaroj estis ege mizeraj kaj suferis de afekte ironia stilo. Tiu stilo parte restis, kiam mi post ankoraŭ jardeko ekverkis humurajn kaj satirajn rakontetojn en Esperanto. Nur iom post iom mi povis evoluigi stilon pli konvenan por seriozaj noveloj, jen en Esperanto, jen en la sveda.

En la jaroj 1997-2003 mi verkis kvar krimromanetojn en Esperanto. Tiu ĝenro proponas firman framon de rakonto relative leĝera kaj senpretenda, kiu tamen ebligas ankaŭ trakti temojn, kiuj interesas la aŭtoron. En mia kazo temis ĉefe pri diversaj sociaj problemoj de la nuntempo. Paralele, en 2001, aperis mia unua "normala" romano: *Dis!* Tamen eblas diskuti kiagrade ĝi efektive normalas; ĝi konsistas el aro da epizodoj relative sendependaj, kvankam kun komunaj protagon-isto, temo (disiĝoj) kaj kuntena kadrorakonto. Unu recenzanto fakte konsideris ĝin novelaro. Tia ĝenra distingo ne gravegas al mi, sed mia ambicio ja estis verki romanon. Ĉiuokaze ne eblas nei ke en tiu libro ankoraŭ algluiĝis mia frua ironia stilo.

### La ĝenro romano

Pri difino de la ĝenro romano oni jam skribis dekmilojn da paĝoj, kiujn mi ne legis. Baĥtin, Lukács, Mazzoni kaj tuta grego da aliaj saĝuloj turmentis siajn cerbojn – kaj tiujn de la legantoj – per teoria kaj erudicia rezonado. Eble pli praktika aliro estus mencii kelkajn tipajn trajtojn, kiuj karakterizas plimulton de la verkoj, kiujn ni kutimas nomi romanoj. Unue temas pri proza rakonto de relative granda amplekso – almenaŭ cent, sed ofte plurcent paĝojn. Tamen indas atentigi ke la diferenco inter novelo kaj romano ne estas nur la nombro de paĝoj. Dum tipa novelo estas dense koncentrita kaj limigita koncerne temon, lokon, tempon kaj nombron de personoj, en romano ĉiuj ĉi aferoj senprobleme vastiĝas kun retrospektivoj, flankaj temoj kaj paralelaj intrigoj. Romano ofte ampleksas aŭ almenaŭ aludas longan tempon kaj vastan aron da personoj, kaj kutime ĝi traktas iliajn vivojn *kaj* el ekstera *kaj* el interna aŭ mensa vidpunkto – eksplicite aŭ subkomprenate.

Kutime ĝi estas parte aŭ tute fikcia, sed ankaŭ biografiaj aŭ historiaj

faktoj ofte aperas, do ni prefere ne fiksiĝu en provo distingi faktojn de fikcio. Tipa romano havas intrigon kun sinsekvo de okazaĵoj kaj evoluo de la personoj. Kelkfoje oni eĉ distingas la fabulon[1] – tio, kio efektive okazas – disde la intrigo aŭ suĵeto[2] – tio, kion oni rakontas al la legantoj – sed ankaŭ tion ni lasu al pli teoria traktado. Multaj romanintrigoj estas pelataj de baza konflikto aŭ dilemo kaj laŭiras sinsekvon el stadioj: enkonduko, prezento, profundiĝo aŭ intensiĝo, peripetio aŭ turnopunkto, elnodiĝo kaj fino. Sufiĉe ofte la teksto de romano alternas inter scenoj, ofte kun interparoloj, kie la leganto estas invitata ĉeesti en la okazaĵoj, kaj aliaj partoj, kie la rakonta voĉo fluas per pli rekta – nu, ĝuste: rakontado, kiu eble resumas aŭ priskribas aferojn. Pli teorie eblus nomi tiujn du formojn 'mimezo[3]' kaj 'diegezo[4]', laŭ Aristotelo kaj Platono, aŭ pli simple 'montri' kaj 'rakonti', laŭ Hemingway, sed ni prefere lasu tiujn sinjorojn ripozi en paco.

Pri la ideoj de Miĥail Baĥtin, kiun mi menciis pli frue, mi konas nur tiujn pri polifonio kaj dialogeco de romanoj. Laŭ mia kompreno ili signifas interalie ke la diversaj rolantoj aperu ĉiu per sia propra voĉo kaj vidpunkto, en sia propra rajto, kaj do ne rigardate per ia unueca prijuĝado de la aŭtora voĉo. Alivorte: la aŭtoro respektu siajn romanfigurojn, eĉ se li aŭ ŝi mem kreis ilin, kaj ne transformu ilin en siajn papagojn aŭ marionetojn. Kaj tiuj malsamaj vidpunktoj interagu, formante dialogon, kio por Baĥtin estas pli fundamenta kaj vasta nocio ol nura interparolo.

Nu, mi petas pardonon pro mia eble naiva interpreto de komplikaj teorioj. Kaj verŝajne mi devus mencii ankoraŭ multajn trajtojn de romanoj, sed ĉi tio ne estas lernolibro, do mi provizore ĉesu tie.

Indas mencii ke koncerne la enhavon eblas paroli pri evolu- aŭ formad-romano, pikareska romano, historia romano, familia kroniko, distopio[5], amromano, krimromano, fantasta aŭ scienc-fikcia romano kaj multaj aliaj. Ankaŭ koncerne la formon ekzistas multaj subĝenroj. Historie aperis romanoj en formo de leteroj, kiel *Lady Susan* (Damo Susan, 1794/1871) de Jane Austen, aŭ taglibro, kiel *Doktor Glas* (Dok-

---

1  **fabulo:** temo, enhavo, intrigo, okazado
2  **suĵeto:** intrigo, sinsekvo de okazaĵoj en literaturaĵo
3  **mimezo:** (helene μίμησις) imito, reprezento, tio kion oni montras
4  **diegezo:** (helene διήγησις) tio kion oni rakontas
5  **distopio:** mal-utopio

toro Glas, 1905) de Hjalmar Söderberg, aŭ en aliaj formoj. Eble pli grave: la rakonta vidpunkto aŭ perspektivo varias de fiksa, persona vidpunkto en mi-formo aŭ per la tria persono (ŝi aŭ li), tra variaj personaj vidpunktoj, ĉioscia rakonta voĉo ĝis objektiva rakontado simila al registrado per gvat-kamerao. Ekstrema varianto de la mi-formo estas la vi-rakonto, kiel en *La Litomiŝla tombejo* (1981) de Karolo Piĉ. Kompreneble, dum sia historio la romanarto same kiel aliaj artoj trapasis diversajn ismojn, kiel romantismo, naturalismo, modernismo, socia realismo, magia realismo, postmodernismo ktp.

## Romanprojektoj

Ĉirkaŭ la jaro 2000 mi ekhavis nebulan ideon, laŭ kiu mi volis verki Esperantan romanon pri knabino-virino. Iel – ne demandu min kiel – mi sciis ke ŝi nomiĝas Marina kaj estas denaska esperantistino. Mi eĉ ekverkis fragmentojn de ebla komenco. Malbonŝance mankis al mi ĉefa intrigo, kaj eĉ pli ĝene: mi daŭre ne trovis konvenan stilon, sed la ironia tono plu trapenetris kontraŭ mia volo. Do, tio restis aborta projekto.

Dum la jaroj 2005-2012 mi verkis precipe svedlingvajn novelojn en psikologie realisma stilo, jen pri infanoj, jen pri plenkreskuloj. Samtempe mi partoprenis en multaj verko-kursoj kaj forumoj de verkemuloj, kie mi pene lernis pli kaj pli multe de ĉi tiu malfacila metio. La plej granda utilo de tiaj kursoj aŭ grupoj laŭ mi estas la oportuno ekhavi legantojn, kiuj mem verkas kaj do povas doni kritikon kaj konsilojn bazitajn sur propraj spertoj.

Post kelka tempo mi ekkovis la ideon plivastigi du aŭ kelkajn el miaj noveloj en romanon. La ideon mi ricevis, legante verkojn de Haruki Murakami (en svedaj kaj anglaj tradukoj). Li estas bona romanisto sed laŭ mia opinio eĉ pli majstra novelisto, kiu foje plu evoluigis novelon en romanon, kaj ĝuste tian recikladon mi volis imiti. Traserĉante miajn svedajn novelojn, mi surprize trovis ke kelkaj el ili povus temi pri mia imagita knabino Marina, se mi farus necesajn ŝanĝojn – kaj jen du malsamaj ideoj kunfandiĝis kaj post sep monatoj da laboro rezultigis la Esperantan romanon *Marina*, kiu aperis ĉe Mondial en 2013. Kelkaj el ĝiaj ĉapitroj do estas reverkaĵoj de origine svedlingvaj noveloj.

Pro sia aparta estiĝomaniero tiu romano havas sufiĉe epizodan strukturon, same kiel la pli frua provo *Dis!*, kaj krome eĉ du protagonistojn, Marina kaj Tomas, kies vidpunktoj alternas laŭĉapitre. Mi tamen elektis verki ĝin en ŝi- kaj li-formo, kredeble ĉar ili komence estas infanoj, kaj por mi estus malfacile verki en mi-formo de infano. En ĉiu unuopa ĉapitro temas tamen pri fiksita vidpunkto de unu persono.

Baldaŭ post ĝia apero mi ekverkis novan epizodan romanon, *Skabio* (2015). Same kiel en *Dis!* mi muntis la epizodojn en kadro-rakonton por kunteni ilin; krome ili neeviteble aperis en malkronologia vicordo, ĉar temas pri viro, kiu revokas memorojn ekde la ĵuso reen ĝis la infanaĝo. Mi fakte verkis ĝin en mi-formo, sed pro kritiko de provleganto mi rearanĝis ĝin en li-formon, kvankam kun same persona vidpunkto, kio estis grandega laboro. Ĝi ne populariĝis inter la legantoj, sed mi mem ŝatis verki ĝin, ĉefe ĉar la protagonisto ne estas unudimensie bona homo sed havas ankaŭ fiajn trajtojn. Estas ege pli amuze verki pri tia ambigua homo ol pri anĝelo. En romano do validas laŭ mi: prefere fia ol pia!

Post tio mi revenis al mia svedlingva verkado. Rezultis romano pri personaj interrilatoj amaj kaj familiaj, kaj kiel spertoj en la junaĝo influas la decidojn kaj konduton en longe posta tempo. En ĝi mi uzis multajn detalojn el mia propra junaĝo, kio tre plaĉis al mi. Bedaŭrinde mi ne sukcesis eldonigi ĝin en Svedio. Anstataŭe mi reverkis ĝin en Esperanto, kaj tiu versio aperis en 2017 ĉe Mondial kiel *El ombro de l' tempo*. En ĝi laŭĉapitre alternas du tempoj, la junaĝo kaj la pli-ol-mezaĝo de la protagonisto, kaj ambaŭ tempoj estas rakontataj el persona vidpunkto kaj en li-formo. En ĉiu el tiuj du tempoj la rakonto tamen fluas relative kontinue, do ne tiel epizode kiel en miaj antaŭaj romanoj. Tial mi konsideras ĝin ŝtupo en mia evoluo de romanisto.

## Perspektivoj

Jen eble taŭga momento por komenti diversajn perspektivojn. En mi-formo la vidpunkto neeviteble estas persona. Oni rakontas tion, kion spertas la mio, punkto fina. Aŭ preskaŭ fina, ĉar informoj pri aferoj, kiuj okazas aliloke, same kiel vidpunktoj de aliuloj, povas aperi per interparoloj aŭ diversformaj mesaĝoj al la mio. Sed apenaŭ eblas rigardi la mion de ekstere. Unu afero, kiu ege incitas min, estas la kliŝa spegulo-sceno, kie la mio rigardas sin kaj priskribas sian aspekton antaŭ spegulo. Espereble vi neniam trovos ion tian en miaj verkoj!

Se oni en mi-rakonto volas tute ŝanĝi vidpunkton, gravas fari tion laŭ tre klara strukturo. Bona ekzemplo estas *Und sagte kein einziges Wort* (Kaj diris eĉ ne unu vorton, 1953) de Heinrich Böll. En ĝi laŭĉapitre alternas mi-rakontadoj de du geedzoj, kiujn disigas la manko de loĝejo.

En aliaj romanoj oni trovas aliajn solvojn, ekzemple kombinon de la unua kaj tria personoj.

En rakontado per la tria persono, ŝi- aŭ li-formo, eblas tute idente persona vidpunkto, sed ĝi estas pli fleksebla ol la mi-formo. La rakonta voĉo de la verko povas zomi kaj malzomi en kaj el la menso(n) de la protagonisto, t.e. jen prezenti ties pensojn kaj sentojn, jen nur ties videblajn kaj aŭdeblajn agojn. Alivorte eblas moviĝi laŭ skalo inter subjektiva kaj objektiva vidpunkto. Krome oni povas salti en la menson de aliaj rolantoj pli facile ol en la mi-formo (kvankam iom da zorgemo ne malutilas). Ĉe maksimuma uzo de tiu libereco ni jam havas la ĉioscian rakontan voĉon, kiu estas la plej klasika formo de romana perspektivo.

## Marina denove

En mia romano *Marina* la agado finiĝis en preskaŭa nuntempo, kaj en ĝia fino aperis kelkaj ŝanĝoj en la vivoj de la protagonistoj, kio por mi estis konvena maniero adiaŭi ilin. Sed post kelkaj jaroj mi komencis scivoli, kio okazis al ili poste. Do mi ekverkis *Marina ĉe la limo*, kies agado okazas parte en la tempo, kiam mi efektive verkis ĝin, t.e. 2016-2017. Ĝi aperis ĉe Mondial en 2018.

Jam pli frue mi ĉiam lokis miajn fikciajn rakontojn en realajn tempojn kaj lokojn, kaj nun veraj okazaĵoj de la nuno jam komencis influi la vivojn kaj agojn de miaj romanfiguroj. Tiel aperis kvazaŭ nova baza temo: la interagado de realaj sociaj cirkonstancoj kaj la fikciaj personaj interrilatoj. Ĉi-okaze la plej gravaj sociaj problemoj aperantaj en mia romano estis rasismo kaj terorismo, sed en la fikcia intrigo ili manifestiĝis en formo de rilatoj inter miskonduta junulo kaj kelkaj plenkreskuloj.

En ĉi tiu romano mi esceptokaze provis rakontan perspektivon almenaŭ proksiman al tiu de ĉioscia rakonta voĉo. La plej ofta vidpunkto estas de Marina en ŝi-formo, sed en partoj de la romano, kie ŝi ne ĉeestas, mi aplikis vidpunkton de kelkaj aliaj personoj. Mi tamen klopodis ne tro konfuzi la legantojn per oftaj, malklaraj aŭ nenecesaj saltoj, kaj ĉio komprenebla aperas per la tria persono.

## Sesdek ok

Post tiu libro mi verkis iomete pli leĝeran romanon, *Ne eblas aplaŭdi unumane* (2019), kiu per mi-rakonto traktas kulturajn diferencojn en formo de personaj interrilatoj. Kaj poste mi trovis ke jam temp' está por revivigi malnovan ideon, kiu ŝvebis en ia kavo de mia kapo jam de jardekoj. La rezulto fariĝis *Sesdek ok*, kiu aperis ĉe Mondial en 2020 kaj gajnis *Laŭron de la Akademio* en 2022. Ĝi temas pri sveda studento, kiu pasigas la printempon de 1968 en Parizo, kaj pri liaj malsamaj rilatoj al tri junulinoj. Eble mi uzu ĉi okazon por klarigi ke ĝi ne estas vere membiografia, kvankam mi ja recikligas en ĝi multajn proprajn memorojn, inter informoj el aliaj fontoj.

En tiu romano mi relative malfrue dum la verkado enkondukis iomete novan perspektivon. Ankaŭ ĝi estas verkita per la unua persono, do en mi-formo, sed tiu mio de temp' al tempo alparolas vion, kiu estas unu el la tri junaj virinoj. Fakte la tuta rakonto estas monologo aŭ raporto de la mio direktata al tiu virino.

Tiun formon kompreneble inventis ne mi. Fama ekzemplo estas *Os Cus de Judas* (La pugoj de Judas, 1979) de António Lobo Antunes, en kiu la mio senĉese monologas pri la hororo de milito al virino hokita en drinkejo, kun kiu li pasigas la nokton kaj kiun li matene forregalas. La virino neniam rajtas diri ion ajn; ŝi estas nura ujo, en kiun li elverŝas sin, fizike kaj mense. En *Sesdek ok* la alparolata virino tamen ja ludas rolon pli aktivan en partoj de la romano. Eble mi menciu ke oni neniam ekscias, ĉu ŝi efektive legas aŭ aŭskultas la rakonton. Evidente la mio povus alparoli ŝin eĉ se ŝi estus jam mortinta. Tamen iu eble dirus ke la tuta libro estas unu longa virklarigado!

## Tempo kaj klarigoj

Parolante pri formaj aferoj kiel la perspektivo, mi menciu ankaŭ alian elekton: la gramatikan tempon. Eblas verki en as- aŭ is-tempo, aŭ eĉ en kombino de ambaŭ. Mi rimarkis ke mi mem plej ofte kombinas mi-formon kun is-tempo kaj ŝi/li-formon kun as-tempo. Kial? Mi vere ne scias. Simple fariĝis tiel, tamen kun esceptoj.

Kio do estas la esenca diferenco inter is- kaj as-tempo, krom pure gramatike? Ankaŭ pri tio mi ne certas. Is-tempo signifas ke oni rakontas el iu posta tempopunkto, sed ofte tiu momento ne estas precizigita. As-tempo signifas ke oni rakontas kvazaŭ kontinue kaj simultane, dum la aferoj okazas. Strikte logike tio ŝajnas apenaŭ ebla, sed en la rakonta fikcio la leganto kutime trovas tion tute normala kaj post la legado eĉ ne konscias, kiun gramatikan tempon uzis la aŭtoro. Mi imagas ke eble pli facilas fari grandajn saltojn inter diversaj tempoj en la rakonto, se

ARTIKOLO / ESEO

oni uzas is-tempon, sed mi ne certas pri tio. Mi ja verkis romanojn en as-tempo kun laŭĉapitraj saltoj inter la tempoj.

Unu afero, kiu ne tre plaĉas al mi, kaj kiun mi klopodas eviti en miaj verkoj, estas surprizoj. Fakte mi pli aprezas malsurprizojn, kie io okazonta estas anoncata aŭ aludata antaŭe. Tio vekas la scivolon de la leganto, kiel do okazos la afero. Bona ekzemplo estas la romaneto *Crónica de una muerte anunciada* (Kroniko pri anoncita morto, 1981) de Gabriel García Márquez. Ĝi komenciĝas jene: "En la tago, kiam oni mortigos lin, Santiago Nasar ellitiĝis je la kvina kaj duono matene por atendi la ŝipon, per kiu alvenos la episkopo." Kaj poste la romano prezentas, kiel ĉiuj krom li mem scias ke oni mortigos lin, kaj kial. Tio kreas grandegan suspenson. Male, kiam aferoj okazas surprize, ofte rezultas nur elreviĝo de la leganto.

Kompreneble gravas eviti tro evidentajn klarigojn. Kiel pri ĉio, oni uzu la malfacilan arton subkomprenigi aferojn. Entute la diferenco inter beletraĵoj banalaj kaj pli valoraj kuŝas interalie en la tielnomata subteksto: tio, kio ne aperas eksplicite sed legeblas "inter la linioj". Malfacilaĵo tamen estas ke tio, kio tro evidentas al unu leganto, al alia ne sufiĉas por kompreni. Ĉi tio validas precipe por verkado en Esperanto, pro la kulturaj diferencoj inter la legantoj diversloke en la mondo. Tial mi kelkfoje devas dediĉi pli da atento al la kompreneblo de aferoj, verkante en Esperanto, ol en la sveda.

## Kontrakto

Entute la fikciaj ĝenroj baziĝas grandparte sur subkomprenata kontrakto inter la aŭtoro kaj la leganto. Tiun kontrakton oni faras jam en la komencaj alineoj de la verko. Se iu verko komenciĝas "Iam estis reĝo kun sep reĝidinoj", la leganto akceptas ke baldaŭ povos aperi sorĉistino, parolanta rano aŭ preskaŭ ĉio ajn, sed ne poŝtelefono aŭ droneo[6]. Se alia verko komenciĝas "La komisaro kuspis la ĉemizon de la mortinto por espluri, kie la kuglo eniris lian bruston", oni atendas tute aliajn aferojn. Oni ne akceptus, se en la lasta paĝo la misteron solvus parolanta rano.

Kompreneble, de temp' al tempo iu verkisto intence rompas la kontrakton, sed eĉ tion necesas fari lerte, se oni volas konservi legantojn ankaŭ de estontaj verkoj. En diversaj specoj de romanoj oni postulas pli aŭ malpli da realismo kaj toleras pli aŭ malpli da devioj de strikta logiko. Ne facilus precizigi, kio akcepteblas kaj kio ne.

---

6  **droneo**: senpilota aviadilo

## Secesio

Nu, ĝis inkluzive *Sesdek ok* mi ĉiam lokis miajn romanojn en tempojn, kiujn mi mem spertis, kaj ofte almenaŭ parte en lokojn, kiujn mi konas. Por aliaj lokoj eblas iom kompensi per fakaj kaj beletraj verkoj, turistaj gvidlibroj, la mapoj de Google kaj ties strataj vidaĵoj. Krome mi ĉiam konsultas provlegantojn – ne nur pri lingvaj aferoj sed ankaŭ pri alio. Sed en 2021 aperis *Secesio*, okazanta tute en la jaroj 1925-1935, plejparte en Vieno, kie mi faris nur mallongajn turistajn vizitojn junaĝe. Do, la esplorado, legado, guglado[7] ktp, kiun mi plenumis antaŭ kaj dum la verkado de la antaŭaj romanoj, nun devis kreski ankoraŭ pli. Krome miaj du protagonistoj havis vivon sufiĉe foran de la mia. Sed ĝuste tio estis defio, kiu stimulis min. Verki pri sia propra ĉiutaga situacio ŝajnus al mi tro tede. Mi volis grefti min en lokon kaj tempon, en kiuj restis – almenaŭ komence – espero pri pli bona estonteco, sed kie la socio reale survojis al katastrofo. Kial? Nu, rigardu la nuntempan mondon!

Iuj homoj trovus mian elekton de intrigo malkonvena. Sed por defendi min mi citu el recenzo de Wolfgang Kirschstein pri *Ne eblas aplaŭdi unumane* en La Ondo de Esperanto, 2022: "Laŭ la plej nova ideo de iuj maldekstremaj universitatanaj loĝantoj de ebenteroj, estas grava peko de kultura al  propriĝo, se iu parolas kun alia voĉo ol sia propra. Laŭ ili Sten nur havus la rajton paroli propravoĉe, do kiel blanka, maljuna, aliseksema viro. Tiu teorio estas kompleta idiotaĵo. Kompreneble kompetenta verkisto rajtas doni sian voĉon al kiu ajn, kaj Sten faras tion konvinke."

*Secesio* finiĝas komence de 1935, kaj eblus diri ke ĝia pezocentro estas la Holokaŭsto, la nazia genocido kontraŭ judoj kaj aliaj, kiu ja situas ekster la romano, en ties estonteco. Preskaŭ tuj post ĝia apero mi eksentis deziron iel kunligi ĝin kun la nuno. Mi verkis rakonton pri homaj interrilatoj, ĉefe amaj, kiujn certagrade obstaklas problemoj de la nuntempa socio. La protagonisto estas juna svedino kun parte judaj parencoj el Vieno kaj kun koramiko el sveda palestina familio. Sed tiu nuna rakonto alternas kun disaj epizodoj multe pli fruaj de du aliaj protagonistoj, kiuj kunligas la nuntempan intrigon kun la rakonto de *Secesio*. Denove la rezulto do estis romano certagrade epizoda, kiu aperis en 2023 kiel *Falaflo en maco*.

Se denove mencii la gramatikon, mi uzis ŝi- kaj li-formon en as-tempo, malgraŭ la temposaltoj inter la ĉapitroj. La vicordo de tiuj ĉapitroj

---

7   **gugli**: serĉi en Interreto per Google aŭ alia serĉilo

kaŭzis al mi iom da ĝeno. La nuntempa intrigo aperas kronologie, sed la historiaj epizodoj origine sekvis unu la alian laŭ alispeca logiko, do ne en tempa ordo. Sed per sufiĉe da penado mi sukcesis rearanĝi ilin en kronologia sinsekvo, por ne tro defii la legantaron.

## Ankoraŭ Marina

Lastatempe mi volis ankoraŭfoje reveni al la familio kaj rondo de Marina, dek jarojn post la unua libro pri ŝi. Rezultis *La nepo de Marina*, rakonto pri tre diversspecaj familiaj, amikaj kaj amaj rilatoj, pri la sopiro havi iun similulon, pri la malfacila adoltiĝo de adoleskulo kaj pri psika malsano. Ĉeestas kiel kutime realaj problemoj de la nuno: pandemio, klimatkrizo, milito, politika turniĝo dekstren. La formo estas simila al antaŭaj romanoj: as-tempo kaj ŝi-formo kun fiksita persona vidpunkto de unu protagonisto. Se okazis io nova, tio povus esti ke mi verkis ĝin ne de komenco ĝis fino, sed saltante tien-reen tra la okazaĵoj, interalie kreante la finon sufiĉe frue dum la verkado. Tion la leganto tamen ne rimarkos, espereble, ĉar la rezulta intrigo estas plene kronologia.

Sendube ekzistas multaj flankoj de romanverkado, kiujn mi ne tuŝis ĉi-supre. Eble mi fine menciu la bezonon de plano aŭ sinoptiko de la verko dum la laboro. Verkante novelojn, mi ofte simple komencis per imagita situacio de iuj fikciaj personoj kaj poste verkis plu laŭ inspiro. Por romano tio estus iom tro riska. Estas bezonata plano, kvankam komprenleble nenio devigas min fidele sekvi la planon. Sed ofte mi bezonas unue verki kelkajn pecojn por eniĝi en la imagatajn situaciojn kaj rondon de personoj, antaŭ ol krei tiun planon. Nu, mi scias ke preskaŭ ĉiu verkisto laboras malsame, ĉiu laŭ sia specifa metodo.

Mi ja iom dubas, ĉu miaj supraj pensoj kaj klarigoj efektive povas tre interesi iun alian. Tamen mi scias ke multaj homoj verkas, aŭ volus verki, kaj eble ili do ŝatus legi pri la strebado, stumbloj kaj konsideroj de alia verkanto. Ĉiuokaze, se vi legas ĉi vortojn, vi supozeble trovis inde almenaŭ fluglegi tra la eseo. Se ne, vi ankaŭ ne vidos ĉi finan punkton.

# Sur neŭtrala lingva
# **fundamento**

de Wim Jansen

Ĉiu el ni konas la ĉefajn argumentojn favore al Esperanto kiel internacia komunikilo. Unu el ili koncernas la lingvostrukturon: ni asertas, ke Esperanto estas facile lernebla. La dua argumento koncernas socian aspekton de la lingvo: ni prezentas ĝin kiel politike neŭtralan solvon por interkompreniĝo en plurlingva medio. Koncize, ĝi estas pli regula ol naciaj lingvoj, kaj ĝi estas nenies lingvo, ĝi apartenas al neniu, do al ĉiuj egale. La akceptiĝo de "artefarita, neŭtrale homa lingvo" estus, laŭ la vortoj de Zamenhof, kvazaŭ historie determinita necesaĵo.

La lingvistiko dediĉas multan atenton kaj esplorojn al la demando pri la lernfacileco de lingvoj ĝenerale, ĉefe cele al la plibonigo de instrumaterialoj. Sekve al iniciatoj en la Esperanto-movado, ankaŭ la facileco de Esperanto kompare kun tiu de aliaj lingvoj ricevis atenton. Tamen, kiel ajn oni provas difini la lernfacilecon aŭ eĉ mezuri ĝin, ĝi restas tre dependa de nelingvaj faktoroj kiel la natura kapablo aŭ talento, kiun iu havas por lerni fremdan lingvon, la celo, kiun oni vidas antaŭ si (la bezonata nivelo por iu difinita taskaro) kaj de interlingvaj faktoroj kiel la struktura distanco inter la denaska kaj iu lernota lingvo, por nomi nur kelkajn el tre multaj. Se la lernfacileco de Esperanto estas tro relativa por esti konvinka, ni turnu nin al tiu alia logaĵo, la neŭtraleco de la lingvo.

Sub diversaj etikedoj, la zamenhofa neŭtrale homa Esperanto estis kaj plu estas proponata kiel la ideala interlingvo, ankaŭ – aŭ ĝuste – en medio, en kiu iu specifa nacia lingvo reprezentas fortan potencon en la politika areno. Ni proklamas, ke Esperanto protektas la malfortulojn en tiu areno, sed tio ne estas pruvita fakto. Konata estas la rilato inter la politika kaj ekonomia forto de iu nacio, ĝia kultura ekspansio kaj la allogo de ĝia lingvo kiel lerninda komunikilo por ĉiuj, kiujn tiu ekspansio trovas sur sia vojo. Nederlando, de sia liberiĝo fine de la Dua Mondmilito (1945) ĝis hodiaŭ, travivis kontinuan rektlinian evoluon de multlingveco al dulingveco (nederlanda-angla) en la duagrada publika instruado.[1] Tiu reorientiĝo en la instruado speguliĝas en la rilatado inter nederlandanoj kaj eksterlandaj vizitantoj, en kiu multaj gastigantoj jam ne kapablas proponi alian lingvon al siaj gastoj ol la anglan. Ĝis hodiaŭ la plej multaj nederlandanoj ne ŝajnas esti ĝenataj de tiu ja pruvita fakto, kaj bonvenigas la komforton de la dulingveco kun la "amika" angla, anstataŭe al la iama peza kvarlingveco, eĉ se tiu dulingveco pli kaj pli invadas la enlandan uzon.

En la lastaj tri jaroj mi faris kelkajn rondvojaĝojn tra la eksjugoslaviaj landoj Kroatio, Bosnio-Hercegovino kaj Montenegro. Estis privataj vojaĝoj sen scienca celo, kaj la observoj, kiujn mi resume raportas ĉi tie, estis faritaj sen antaŭe difinita plano kaj neniel pretendas esti pli ol tio, kio ili vere estas: la observoj de lingve interesita esperantisto. Interesis min sperti kiel la nunaj loĝantoj en la vizitataj landoj, iam fiere lokitaj en unu granda, multetna ŝtato inter la okcidenta kaj orienta blokoj, alfrontas siajn fremdajn gastojn.

Al kiu ajn mi turnis min surstrate, ekzemple por informiĝi pri la ĝusta vojo, kaj preta uzi la lokan lingvon[2] sur tre baza nivelo, preskaŭ senescepte oni spontane respondis aŭ provis respondi en la angla. Ofte la alparolato sukcesis komprenigi sin kontentige aŭ bone. Kiam mi alparolis junulon, la respondo estis kutime eĉ en flua angla. Kiam ajn mi havis la okazon proponi al alparolato elekton inter la germana kaj la angla, oni respondis nek en la germana nek en la loka lingvo, sed nur en la angla. Ĉe la kaso en supermarktoj aŭ grandaj magazenoj oni nepetite laŭtlegis la pagendan sumon en la angla, eĉ antaŭ ol mi havis la ŝancon starigi la koncernan demandon. En pli ol unu supermarkto, la nomŝildoj de legomoj kaj aliaj produktoj estis dulingvaj en la serbokroata kaj angla. La ŝildoj sur la fasado de sidejoj de iu municipa aŭ ŝtata instanco estis regule en tiuj samaj du lingvoj. Turismaj informejoj funkciis serbokroate-angle, sen provo priservi ekzemple siajn germanlingvajn aŭ itallingvajn gastojn en ties propra lingvo, malgraŭ ilia geografia najbareco kaj fortaj historiaj ligoj. Turismaj broŝuroj kaj mapoj estis dulingvaj, okaze kun la rusa kiel tria lingvo (en la Serba Respubliko de Bosnio-Hercegovino). Ankaŭ en flughavenoj la publikaj anoncoj estis ĉiam kaj nur en tiuj samaj du lingvoj. En neniu okazo mi aŭdis anoncon

---

1   Van Oostendorp, Marc. 2012. 'Bilingualism versus multilingualism in the Nether-lands' en *Language Problems & Language Planning.* 36(3). p. 252–272.

2   Mi nomos la lokan interlingvon absolute neŭtrale *serbokroata*, laŭ la iama kutimo inter eksterlandaj vizitantoj, sen iu ajn intenco substreki la kroatecon aŭ serbe-con de la lingvo, kaj konscia pri la entuta nemencio de la bosnia kaj montenegra.

de flugo al Frankfurto aŭ Parizo en la germana aŭ franca. Kaj tiel mi povus daŭrigi, kun giĉetaj deĵorantoj en aŭtobusaj stacioj, deĵorantoj ĉe la enirejo de kirkoj aŭ moskeoj, ŝoforoj de taksioj, kelneroj ktp. Ĉie, kie la ĉeesto de fremduloj povis supozigi la 'lingvan problemon', al kiu Esperanto dankas sian ekziston, regis la angla. Ĝi regis pasive en la formo de ŝildoj, instrukcioj kaj reklamoj, ĝi regis aktive en la buŝo de ĉiuj lokaj alparolatoj, kaj ĝi regis monopole. Per tio mi ne volas diri, ke oni ne aprezis la laman serbokroatan, per kiu mi kutime malfermis dialogon, sed oni preferis rapidan kaj precizan helpon en la angla, ol temporaban 'edukan' helpon. La angla regis ankaŭ afable.

Mi substrekas, ke tiu ĉi artikoleto estas impresionisma. Ĝi ne pretendas priskribi la lingvan pejzaĝon en la koncernaj regionoj pli ol skize, laŭ mia limigita kelksemajna percepto. Mi ne distingas inter pli kaj malpli turismaj centroj (mi vizitis ambaŭ), kaj ankaŭ ne inter la situacio ene de Eŭrop-Unia lando (Kroatio) kaj ekstere (Bosnio-Hercegovino, Montenegro). Mi ne inkludis en miaj observoj la situacion en lokoj, kien eksterlandanoj apenaŭ atingas (ankaŭ tiajn mi vizitis), ĉar kie mankas la bezono de pli ol la denaska aŭ loka lingvo, tie simple ne ekzistas lingvaj problemoj. Miaj observoj koncernas tiujn lokojn kaj tiujn situaciojn, en kiuj la turismo necesigas iun formon de dulingveco, ĉu ĉe la vizitanto, ĉu ĉe la vizitato, ĉu ĉe ambaŭ. Sendube estas legantoj, kiuj povas alporti kontraŭekzemplojn aŭ kiuj kapablas nuanci la necese krudan bildon, kiun mi skizis ĉi-supre, sed estos malfacile konvinki min pri tio, ke miaj skizoj ne atestas pli universalan tendencon, kiu iusence ripetas la evoluon, kiun trairis Nederlando.

De kie venas tiu absoluta prefero por la angla en regionoj kun slavaj radikoj, forta enradikiĝo en la Centr-Eŭropa kulturo kaj viktimoj de freŝmemora detrua milito kun rezulta distranĉo de la multetna hejmo, ĉio tio tiel malsimila al la senŝoka nederlanda historio post la Dua Mondmilito (se escepti la perdon de la lastaj kolonioj en foraj Azio kaj Ameriko)? Konsiderante la rolon de anglalingvanoj ĝuste en la kadro de tiu milito, oni estus tentata rezervi pli modestan rolon por ilia lingvo. Ni rememoru la britan ĉefministron, John Major, kiu, en parlamenta prelego komence de la milito en Bosnio, komplete misjuĝis ĝiajn kaŭzojn.[3] Pro la brita prezidanteco de Eŭropa Ekonomia Komunumo (EEK) en tiu periodo, la voĉo de Major estis aparte influa. Ni pensu ankaŭ

3   Malcolm, Noel. 2017. *Bosnia. A short history*. Londono, Pan Books. La politi-kaj citaĵoj en tiu ĉi alineo resendas al la paĝoj xx-xxii kaj al ĉapitro 16 en tiu ĉi aŭtoritata verko, kiu rekonas la diversajn perspektivojn, laŭ kiuj la nun diversna-ciaj spertintoj de la milito povas rerigardi al ĝi.

pri lia ministro pri eksterlandaj aferoj, Douglas Hurd, kiu enkondukis la gravan, poste ĝeneraliĝontan misuzon de la esprimo *enlanda milito* en la kazo de Bosnio, kiu, jam komence de la agreso kontraŭ ĝi, estis sendependa ŝtato, rekonita de EEK kaj de Unuiĝintaj Nacioj (UN). Se paroli pri milito sen rekta intereso, tiam prefere pri enlanda milito, kiu, kiel familia kverelo, estas multe malpli facile arbitraciebla ol interŝtata konflikto kun aŭtoritataj reprezentantoj en la intertraktadoj, kaj tial preskaŭ invitas al sindeteno kaj neniofarado. La brita intertraktanto nomumita de EEK, lordo Carrington, persistis sur okulfrape neirebla vojo de interpacigo, kiel faris ankaŭ lia postsekvanto, la same brita lordo Owen, kies pacprojekto, ellaborita kun la reprezentanto de UN, la usonano Cyrus Vance, antaŭvidis la distranĉon de Bosnio en kanto-nojn laŭ etnaj kriterioj, tiel metante aprobostampon sur certajn anta-gonismojn, kiuj neniam antaŭe ekzistis en tiu formo.

Ĉu tiu galerio de anglalingvaj ĉefroluloj kaj kundecidantoj pri la interveno aŭ neinterveno en la militon (kaj pri *kia* eventuala interveno) ludis ian rolon en la disvastiĝo de la angla lingvo tra Jugoslavio kaj ties idoj? Ne persone, sed institucie sendube. Reprezentante EEK (nunan Eŭropan Union) kaj NATO'n (kun la beno de UN), ĉefe aŭ en la praktiko tute anglalingvajn en ĉiuj siaj eksteraj rilatoj, ili spegulis la okcident-eŭropajn potencrilatojn de antaŭ 1991, kiuj poste etendiĝis orienten.

La personoj, kiujn mi renkontis en la menciitaj regionoj, alparolis min ekskluzive en la angla, kiu verŝajne ne estas la plej facila lingvo por ili, sed ni scias, ke tiu tezo estas nepruvebla kaj ke entute la kriterio lernfacileco ne taŭgas por pravigi la okupiĝon pri lingvo. Tamen tio ne klarigas la tre ĝeneralan ĉirkaŭbrakon de la angla, kiu ne povas ne esti la rezulto de formalaj decidoj faritaj en la diversaj postmilitaj instru-sistemoj, verŝajne fervore sponsoritaj de la reĝisoroj de la nova bal-kana realo. La lingva situacio, kiun mi renkontis en ĉiuj lokoj de mi vizititaj, estis malpli bunta ol la tradicio supozigas kaj malpli varia ol la reciprokaj interesoj de ĉiuj balkanaj kaj apudbalkanaj najbaroj pravigus. Sekve al la desupra decido pri la *politika konveno* de priori-tatigo de la angla, la loĝantoj de la regionoj, tra kiuj mi vojaĝis, nun uzas ĝin por siaj celoj, spertante ĝian grandan *komunikan konvenon*. La angla ja estas la lingvo kun la plej vasta aplikeblo, ĝi estas la lingvo, kiu akompanas la inteligentajn poŝtelefonojn kun ties allogaj aplikoj, la personajn komputilojn, la plej popularajn tutmonde kapteblajn distrajn televidprogramojn ktp. Ne gravas, ĉu la elektebla lingvo por internacia

ARTIKOLO / ESEO

interkompreniĝo, laŭ la percepto de la elektanto, estas politike amika, malamika aŭ neŭtrala, se entute oni perceptas lingvon laŭ tiuj kriterioj. Se la angla iel koncepteblas kiel simbolo de rankoro kontraŭ elementoj el forgesinda pasinteco, tio jam estas gajno. La motivado lerni *la plej konvenan lingvon de la momento* batas ĉiun teorian argumentadon pri facileco kaj neŭtraleco.

Kien meti Esperanton? Evidente, ankaŭ mi uzis ĝin en iuj kontaktoj, antaŭ ol mi ekvojaĝis kaj ankaŭ dum la vojaĝoj. Sendube tiuj rektaj kontaktoj kun lokaj fontoj influis mian serĉon de informoj, kaj certe la literaturo, per kiu mi preparis min, estis tute alia ol tiu de averaĝa turisto.

Kiu serĉas Esperanton kaj trovas ĝin, aprezos ĝian kromvaloron, kiel mi aprezas ĝin ĉiutage. Sed neniu ĉirkaŭ mi serĉis ĝin pro la bezono solvi iun lingvoproblemon. Mi mem spertis la samon. Reveninte hejmen, mi bezonis la tradukon de kelkaj serbaj murpoemoj, kiujn mi fotis dumvoje, kaj Google Translate post unu klako liveris ne tre belajn, sed tute taŭgajn tradukojn por baza kompreno de ilia enhavo, laŭdezire en la nederlanda aŭ en Esperanto.

REKLAMO

## NOVA ĈE MONDIAL:

Benoît Philippe:
### espero fola

Originala poemaro
214 p., ISBN 9781595694584

"En la poemaro *espero fola* troveblas tema diverseco atinganta same la sorton de lingvoj kaj kulturoj aŭ la kronvirusan pandemion kiel la militan aktualon, inter multaj aliaj.

Al ĉi tia poeto nenio estas indiferenta."

(Jorge Camacho en la postparolo al la poemaro)

Mendu ĉe UEA aŭ
en librejo.com

# Đuro Sudeta:
## sopiro al la suno

de Josip Pleadin

Renkonte al la 120-a naskiĝdatreveno de la junaĝe mortinta kroata verkisto Đuro Sudeta (1903-1927), mi trovas la bezonon konigi iom pri liaj vivo kaj verkado al la Esperanta publiko. Des pli, ĉar la unua paŝo tiudirekte jam estis farita en septembro 2022 per publikigo de lia fantasta rakonto *Mor* en la Esperanta traduko de Zora Heide.

Đuro Sudeta. Fonto de ĉiuj fotoj en la artikolo: la aŭtoro

### Poeto kiu sopiris la sunon

Đuro Sudeta naskiĝis kiel kamparana infano la 10-an de aprilo 1903 en la vilaĝo Stara Ploščica apud Bjelovar, kaj oni tute prave nomas lin regiona verkisto, kvankam lia famo fariĝis multe pli vasta, interalie per listigo de lia fantasta rakonto *Mor* kiel deviga legaĵo por lernantoj de la oka klaso de kroatiaj elementaj lernejoj. Malsaniĝinte junaĝe je ftizo, li konsciiĝis pri la mallongeco de la vivo kiun la sorto konsentis al li, kaj lia liriko ofte plenas je mornaj nuancoj. Li sopiris la sunon kaj taglumon, li bezonis someran varmon kaj sanon kaj neimageble profunde malĝojis pro sia malsano, dolore antaŭsentante kaj atendante la neeviteblan morton.

Sudeta frekventis popollernejon en sia naskiĝvilaĝo, kaj gimnazion en Zagrebo dum la malfacilaj jaroj de la Unua mondmilito (1914/15–1917/18). Porinstruistan lernejon li finis en Zagrebo en 1922. Kiel malriĉa kamparanido, en Zagrebo li vivis tre modeste, kelkfoje eĉ mizere, en humidaj loĝejoj kaj sen bona nutrado, kio kaŭzis la seriozan malsaniĝon jam en la jaro 1918. Fininte la porinstruistan lernejon, en 1923 kiel 20-jarulo li ricevis instruistan postenon en la vilaĝo Virje. Lian restadon en tiu riĉa vilaĝo, situanta en la ebena regiono de Podravino, karakterizis laboro en la lernejo, poste kunlaboro kun la presisto Milko Tišljar kaj publikigo de poemoj kaj prozaĵoj en pluraj revuoj. Dume ankaŭ lia malsano galope progresis kaj postulis urĝan kuracadon. Ĝi devigis lin pasigi du jarojn (1924–26) en la slovena sanatorio Topolšica, post kio li estis malsukcese operaciita je pulmoj en Zagrebo aprile de 1926. En majo samjare li reprenis la instruistan postenon en Virje, fine de la lernojaro revenis al sia naskiĝdomo en Stara Ploščica, sed kelkajn monatojn poste la progresanta ftizo ligis lin al lito. Fine de februaro 1927 li estis translokita al la hospitalo de Koprivnica, en kiu li mortis la 30-an de aprilo 1927, havante iom pli ol 24 jarojn.

17 jarojn aĝa, en 1919 li aperigis sian unuan poemon en la gazeto *Luč* (Lumo), kaj la unuan poemaron *Osamljenim stazama* (Sur izolaj padoj) li publikigis en Virje en 1924, nur tri jarojn antaŭ sia morto. Estus malfacile kredi, ke tiu poemaro aperus, se li ne estus helpanto de loka presisto, por kiu li provlegadis tekstojn kaj redaktis eldonaĵojn. Li redaktis lokan gazeton kaj publikigis plurajn felietonojn, novelojn kaj rakontojn, ofte spicitajn per lia specifa humuro. Sentante sin hejmece en la presejo, li mem kompostis kaj per malgranda presilo ankaŭ presis sian unuan poemaron.

La vivodramo de Sudeta malebligis al li realigi siajn multajn ideojn kaj planojn, ĉefe pro manko de tempo kaj mono. Li estis intelektulo

Busto de Đuro Sudeta
en Stara Ploščica

forte ligita al literatura kreado, sed li konsciis pri la mallongeco de sia rapide finiĝonta vivo, kio instigis lin verki konvulsie kaj haste. Rezulte de tio restis pluraj nefinitaj verkoj, aparte liaj prozaĵoj. Lian eĉ cetere malfacilan vivadon ankoraŭ pli komplikis konfliktoj kun la familio kaj ofte ankaŭ kun la medio en kiu li vivis.

## La postlasaĵo de Đuro Sudeta

Kiel atestas liaj samtempuloj, Sudeta opiniis, ke li estas unuavice poeto, kaj tial li preferis verki kaj publikigi versojn, kiujn li tre emocie prizorgis, dum siajn prozaĵojn li publikigis ĉefe en periodaĵoj, ĉar por libroj, pli ampleksaj, li ne havis monon. Ne mirigas do, ke siajn prozaĵojn li mem de tempo al tempo neniigis, ŝirante jam skribitajn paĝojn, aŭ uzante ilin por volvado de fruktoj kaj legomoj. Ankaŭ la destino de *Mor* estis simila, sed ĝian manuskripton savis Mato Sudeta, la pli aĝa frato de la verkinto. La malproporcio inter la poezio kaj prozo de Sudeta klaras el la fakto, ke dum sia verkoperiodo, kiu daŭris nur 7-8 jarojn (inter 1919 kaj 1927), li verkis ĉirkaŭ 300 poemojn kaj eldonis du poemarojn, sed neniun prozaĵon, krom tiujn aperintajn en revuoj. Krom la menciita unua poemaro *Osamljenim stazama* el 1924, dum sia vivo li publikigis ankaŭ la poemaron *Kućice u dolu* (Dometoj en la valo, 1926). Liaj nepublikigitaj poemoj konserviĝis en dudek kajeretoj kaj estis publikigitaj plurfoje post lia morto. En 1929 aperis la poemaro *Sutoni* (Krepuskoj), kaj en 1930 por la unua fojo lia fantasta rakonto *Mor.* Verŝajne la plej kompletan trarigardon de liaj verkoj publikigis la kroata poeto kaj enciklopediisto Mate Ujević (1901–67) en kvar volumoj, el kiuj du poeziaj kaj du prozaj: *Pjesme I* (Poemoj I, 1943), *Pjesme II* (Poemoj II, 1943), *Proza I* (Prozaĵoj I, 1943) kaj *Proza II* (Prozaĵoj II, 1943). En tiuj volumoj unuflanke estis reeldonitaj la antaŭe aperintaj poemaroj kaj prozaĵoj dissemitaj tra gazetoj kaj revuoj, kaj aliflanke aperis la nepublikigitaj versoj, konservitaj en mane skribitaj kajeroj.

## Pri *Mor* kaj ĝia Esperanta eldono

Malpli konatas, ke ankaŭ Mato Sudeta, la sep jarojn pli aĝa frato de Đuro, havis instruistan profesion kaj emon al verkado. En 1922 li publikigis en Koprivnica sian poemaron *Erotika* (Erotiko). Eble ĝuste lia literaturemo estis decida, ke Mato konservu la verkojn de sia frato Đuro, kiujn la verkinto intencis disŝiri kaj neniigi. Kaj tio rezultis per savado de la fantasta rakonto *Mor*, pri kiu la aŭtoro mem skribis, ke li *iom post iom ŝiras ĝin kaj per ĝiaj folioj envolvas pomojn kaj pirojn,* ĉar li ne trovis kontentigan respondon al sia demando *kiu ĝin presu?* Eble la aŭtoro mem ne havis tro altajn opiniojn pri la kvalitoj de *Mor*, sed la nuntempaj literaturhistoriistoj kaj kritikistoj opinias ĝin la plej bona verko de Đuro Sudeta kaj konsideras ĝin tre valora kontribuo al la kroata literaturo.

Inter la linioj de *Mor* oni trovas aŭtobiografiajn detalojn pri la junaĝa vivo en la idilia regiono de la vilaĝo Stara Ploščica, kie oni povas facile vagadi tra arbaroj kaj naĝi en la rivero, kiu en la verko havas la nomon Pločnica, klare kaj sendube asocianta la nomon de la vilaĝo. *Mor* estas unuavice romantika rakonto, priskribanta la malfeliĉan amon inter Mor, kiu estas la filo de la bienestro servanta maljunan grandsinjoron, kaj Šu, la filino de la grandsinjoro, kiu ne povis reciproki tian senton. Šu ne rajtis ami la malaltklasan serviston. Simile kiel en la vera vivo Sudeta malsaniĝis je tuberkulozo, en la romano malsaniĝis la grandsinjora filino Šu, kiu foriris por kuracado al Davos en Svislando, kie ja tiuepoke kuraciĝis riĉaj malsanuloj, kaj kien Sudeta neniam povis iri por rehavigi sian sanon. Atendante vane ŝian revenon, Mor iom post iom transformiĝas kaj fariĝas vampiro.

Bonŝance, tiu tre emociplena kaj romantika rakonto pri Šu kaj Mor konserviĝis dank' al la frato de ĝia aŭtoro, kaj aperis en Esperanto fervore de nia veterana verkistino kaj tradukistino Zora Heide.[1]

Enkonduke al la aperinta Esperanta eldono ni legas la dediĉon de Zora Heide: *Omaĝe kaj memore mi dediĉas ĉi tiun tradukon al Mato Sudeta, la frato de Đuro kaj kolego de mia patro, savinta la manuskriptan verkon de "Mor", kiun Đuro, la talenta junulo, intencis disŝiri. Al sinjoro Mato antaŭ multaj jaroj mi promesis traduki al Esperanto ĉi fantastan kaj kortuŝan rakonton, kaj nun mi plenumas mian promeson.*

El tiu mallonga noto ni komprenas la rilatojn inter la fratoj Sudeta kaj la patro de Zora Heide, kiuj ja venigis nin al la Esperanta eldono. Ili ĉiuj estis profesiaj instruistoj, libroŝatantoj, kaj ĉiuj posedis rafinitan

---

1 *Mor. Fantasta rakonto,* Đuro Sudeta, trad. de Zora Heide, Bjelovara Esperantista Societo, Bjelovar, 2022, 84 p., ISBN 978-953-58525-4-4.

senton por turmentoj de verkistoj kaj iliaj problemoj. Kiel junulino, Zora mem legis la verkon *Mor* kaj kun granda entuziasmo, fontanta el ŝia propra literaturema animo, ŝi promesis al Mato Sudeta traduki ĝin al Esperanto. Laŭ ŝia atesto, dum sia vivo ŝi faris almenaŭ 3-4 versiojn de la traduko; iuj perdiĝis dum translokiĝoj, unu eĉ estis ŝtelita, sed la lastan ŝi tamen retrovis inter siaj manuskriptoj, pensante en sia malfrua aĝo pri la neplenumita junaĝa promeso. Dum mia pasintjara vizito al ŝi, Zora prezentis sian ardan deziron, ke tiu verko aperu kiel eble plej baldaŭ. Relative rapide ni trovis solvon. Dokumenta Esperanto-Centro (DEC), al kiu Zora Heide cedis siajn aŭtorajn rajtojn, opiniis, ke la plej trafa eldonisto por tiu verko estas la tre aktiva Bjelovara Esperantista Societo, kiu la ideon akceptis kaj decidis eldoni la libron por sia jubilea deka aranĝo *Bjelovaraj esperantistoj al sia urbo* en 2022. Financan subtenon tre volonte donis la departemento Bjelovar-Bilogora, kaj la libro aperis kiel unu plia kontribuo de Bjelovara Esperantista Societo al diskonigo de regionaj verkistoj en Esperanto (antaŭe ĝi jam eldonis la verkojn *La trajno en la neĝo* de Mato Lovrak, *Fruaj tagoj* de Goran Tribuson kaj *Elektitaj poemoj* de Željko Sabol).

Kiam la 24-an de septembro 2022 en la Popola Biblioteko Petar Preradović en Bjelovar kolektiĝis la publiko por la prezento de la verko, en la unua vico fiere sidis la 98-jara tradukistino Zora kaj aŭskultis ĉapitrojn el la libro en Esperanto. Emocioj superŝutis ŝin, ĉar finfine, post kelkaj jardekoj, ŝi plenumis sian promeson. En la publiko kunfieris ankaŭ ŝiaj familianoj kaj ŝia juna parencino Tina Toplak Bažulić, kiu ilustris la titolpaĝon. El la ĉielo supozeble okulumis ankaŭ Lucija Borčić, kiu ankoraŭ dum sia vivo al la traduko donis brilan kontribuon per provlegado. La vivo kelkfoje verkas nekredeblajn fabelojn!

## Vivfragmentoj de Zora Heide

Estas nesufiĉe diri, ke Zora Heide (nask. Vinceljak) estas tre specifa persono. Ŝi naskiĝis la 23-an de novembro 1924 en Levinovac apud Virovitica en la familio de instruisto Mijo Vinceljak (1894–1987) kaj dommastrino Antonija Maurović (1902-1995). Zora frekventis elementan lernejon en la slavonia vilaĝo Đeletovci, kie ŝia patro dum dudek jaroj laboris kiel instruisto, kaj gimnazion en Zagrebo. Ŝi abiturientiĝis en 1944, kaj en 1945 komencis studi juron, sed ĉesis studi en 1946 kaj komencis lerni en medicina lernejo, kiun ŝi finis en 1948. Samjare kun la diplomo de laboratoria teknikisto Zora eklaboris en la Urba Higiena Instituto de Zagrebo.

La unuajn instruojn pri Esperanto ŝi ricevis de sia patro Mijo, kiu estis aktiva esperantisto ekde 1915. Post tre eventoriĉa esperantista vivo inter la zagrebaj fervojistoj-esperantistoj, en 1960 Zora edziniĝis al la dana esperantisto Karl Johan Heide kaj translokiĝis al Rungsted Kyst en Danlando. En la nova lando ŝi laboris en diversaj Kopenhagaj medicinaj laboratorioj kaj instruis Esperanton kaj la kroatan en vespera lernejo. Post 12-jara geedzeco ŝi divorcis en 1972, kaj en 1979 translokiĝis al Tullinge en Svedio, kie ŝi laboris en la medicina fako en hospitala laboratorio apud Stokholmo. En Svedio ŝi pensiiĝis en 1989, kaj restis tie vivi ĝis 1993, kiam ŝi translokiĝis al Islando. En Islando ŝi trovis bonan medion por okupiĝi nur pri literatura agado. Kroation ŝi revenis en 1999 kaj ekloĝis en Zagrebo. Nun, en tre alta aĝo de 98 jaroj, ŝi vivas relative sane en domo por maljunuloj en Zagrebo, inter multaj memoraĵoj pri sia interesega kaj eventoplena vivo.

Malmultaj nun memoras, ke ŝi debutis poezie en la fama revuo *Norda Prismo*, kie ŝia unua poemo *Enigmo* aperis en 1964. Pli facile oni rememorus ŝiajn multegajn diplomojn, akiritajn ekde la mezo de la 1970-aj jaroj dum diversaj literaturaj konkursoj en Italio (Picenum, Gradara, Larius, Tridentum), Hispanio (Internaciaj Floraj Ludoj), Rusio (Liro) kaj aliloke. Estas preskaŭ senfina listo de ŝiaj verkoj kaj tradukoj, kiuj aperis en revuoj (*Norda Prismo, Oomoto, The British Esperantist, Eĥo, La Praktiko, Esperanto, Voĉo, Literatura Foiro, Monda Karuselo, Venezuela Stelo, Horizonto, Hungara Vivo, Heroldo de Esperanto, Saba-*

dell Esperantista, Sennaciulo, Norvega Esperantisto, Lumo, Monata Cirkulero, Monato, Internacia Pedagogia Revuo, Fonto, El Popola Ĉinio, La Kancerkliniko, La Tradukisto), antologioj (*La verda relo*, 1982; *Sub la signo de socia muzo*, 1987; *Trezoro 1-2 – La Esperanta novelarto*, 1989; *Kroatia Esperanta Poemaro*, 1991) kaj kiel apartaj libroj, en diversaj lingvoj. Eble ni listigu nur ŝiajn plej gravajn librojn: *Ni, homoj* (1970), *Ni komedietas* (1971), *Etulaj aventuroj* (1983), *Spuroj de l' doloro* (1984), *Kantoj de l' silento* (1984), *Groteskaj dialogoj* (1985), *De små äventyrarna* (1982), *Utflykt till det förflutna* (1983), *Male pustolovine (1983), Nisam te zaboravila, grade* (1984). El ŝiaj pli gravaj tradukoj aperis: *Nokta gardisto* (de Šimun Šito Ćorić, 2008), *Krepuskoj* (de Višnja Stahuljak, 2001), *Sovaĝa ĉevalo* (de Božidar Prosenjak, 2016) kaj *Mor* (de Đuro Sudeta, 2022), kaj traduke ŝi kontribuis al la antologioj *Kroatia poezio* (1983) kaj *En tiu terura momento* (1998). Ŝi verkis recenzojn kaj estis membro de verkistaj asocioj en Svedio kaj Danlando, membris en Universala Esperanto-Asocio, Sennacieca Asocio Tutmonda kaj Esperantlingva Verkista Asocio.

Ekde majo 2018, prepare al sia translokiĝo al domo por maljunuloj, ŝi komencis sisteme transdonadi sian riĉegan kolekton de Esperantaĵoj al Dokumenta Esperanto-Centro (DEC) en Đurđevac (la nacia Esperanto-arkivo en Kroatio, novo.dec-kroatio.hr/eo), per kio ŝi montris esceptan konsciencon pri konservado de la Esperanta heredaĵo. Per tio ŝi eĉ senintence anoncis la oficialigon de "la tradicio de Esperanto en Kroatio" kiel nemateria kultura heredaĵo (numero Z-7298), kiu okazis naŭ monatojn poste, la 11-an de februaro 2019 per la decido de la Administrejo pri protekto de kultura heredaĵo, funkcianta ĉe la kroatia ministerio pri kulturo. Ŝia heredaga agado rilate la Esperantaĵojn finiĝis en februaro 2022, kiam ŝi transdonis ankaŭ ĉiujn siajn aŭtorajn rajtojn al Dokumenta Esperanto-Centro. Per la aŭtorrajta kontrakto estas regulite, ke DEC prizorgu ŝian heredaĵon kaj klopodu diskonigi ĝin per publikigo. La aperigo de *Mor* de Đuro Sudeta ĉi-septembre estis nur la unua paŝo al tiu deklarita celo. La deziro de DEC kaj de la aŭtorino mem estas, ke foje aperu ŝiaj kolektitaj verkoj en bela monografia eldono.

## Regalo de la poezio de Đuro Sudeta

Deko da poemoj de Đuro Sudeta, en la Esperanta traduko de la fama kroata esperantisto kaj Esperanto-poeto Josip Velebit (1911–2000), dum jardekoj estis kaŝitaj en la dosiero de la tradukinto ĉe Dokumenta Esperanto-Centro. Eble nun estas la plej trafa momento regali la legantaron per la versoj de la tragike forpasinta poeto.[2]

### Nokto II
### *(Noć II)*

Jen, venas la nokto-mister'.
El foraj, tre foraj distancoj,
helluma, pli pura ol ros' mateniĝa,
en pensoj profundaj, kun kapo tre ĉarma
pro la harar' foliriĉa.

Ĝi venas de lok' senarbeja
kun paŝ' facilmova, leĝera.
Vent' ludas kun ĝia vual' travidebla,
kaj ĝiajn dormemajn okulojn
blov-fermas sub frunto superba.

Ekmuĝas la poploj
je ĝia ekspiro.
Laŭ montrivereto brila orbarko
alvenis la lun' proponante
vergokorbon tutplenan de fragoj.

---

2    Pliaj verkoj estas intertempe eldonitaj en: Đuro Sudeta, *Poemoj*, trad. Josip Velebit kaj Josip Pleadin, Bjelovara Esperantista Societo, Bjelovar, 2023, ISBN 9789535852551.

Kaj supre, tre alte
samkiel la infansopiroj,
la steloj haltis rebrile.
Ho nokto, vi franjo de l' tristaj koroj, honoru
nun ankaŭ miajn kastelojn alire!

**Ĉu vi memoras?**
*(Da li se sjećaš?)*

Mistera nokto. Kapoklinite
fantome, inter kampoj dormantaj
ĉevaloj trotas.

Silente trotas. Patro en pensoj
endronas muton, frapas per vipo.
Stelar' moviĝas.

Postdorse ie restis vilaĝo,
patrino kaj fratoj, bela kunulin'
la grandokula.

Fruktejoj plenaj de l' tardaj fruktoj,
fajrujo-loke patro ripozas
en vintraj noktoj.

Kaj io pli tiele dolora,
mi ĝin ne konas, sed tre ĝin sentas
dum ĉar' ruliĝas.

Sulkoj vaporas. Mut'. Duonlumo.
En kampo stople kantas jam gril':
tril'... tril'...

Mistera nokt'... kaŝita sub falĉaj herboj
mi iris ien – volis mi ion.
Ĉu vi memoras?

## Mi
*(Ja)*

Kio estas tag' kaj nokt'
kaj kio mi?
Ombro de l' dom' kadukiĝinta,
viv-rev' de l' ino kompatinda,
ŝaŭm' de ondo rapidkura,
nenio pli.

Mi estas nur branĉeto flava,
sonoril' de l' tago tarda,
dolora vund' sur brusto grava,
el di-okulo larma fonto,
kviet' de l' lasta febla ondo,
eta ludo –
nura ombro! ...

## Karcere
*(U tamnici)*

Dum longaj jaroj sunon mi ne vidis,
ne kaŝaŭskultis alaŭdkanton,
kuntirita
en la karcer-obskur' kaj en humid' senĉesa
enkatenita per doloro-ĉen' amara,
mi sonĝi povis nur pri la aer' alteca
kaj pri la pura belo nasko-vala.

Kaj sentis mi: cent koroj bruste vivas,
cent junaj birdoj flugi volaj;
ebria
de l' sun' kaj forta pro ŝton-pez' elmonta
kaj plenfidanta ŝtormon de la long-batalo
mi kredis, ke de mia kri' kvietus maro onda
kaj de la mano falus kverko en arbaro.

En mi amsento vastis kiel maro;
Korvarm' por ĉiuj homoj suferantaj –
ĝojriĉ'
por ĉiuj terur-tagoj de ĉi esto,

kompren' por ignoratoj kompatindaj, –
por tiuj, kiuj vivas kiel besto
sen iu esper-signo aperinta.

Kaj nun? Putrante tie ĉi
en humidec', mucid' sufoka kaj doloro,
nenio,
nenio tiel forte min doloras
kiel ĉi penso en obskuro tia:
ke ĉio propra putras kaj pereas,
kaj nure por persono mia!

**Faltrempas pluvo**
*(Škrope kiše)*

Faltrempas varma pluv' bonega,
mia anim' sepvunda tre doloras:
plenvoĉe la branĉaro brue sonas,
freŝspiras gren' malseka...

Vualu ĉambron, ho patrino,
la ananasodor' sufokas tro kaj pezas,
jen, manoj mortas, melodi' junvoĉa ĉesas,
naskoloka vok' ne havas finon.

Mi tristas kaj malsanas senmezure,
okuloj viaj min doloras feblaj...
Faltrempas pluv', ĉu helpo plu ne eblas?...
Nur iom, panjo, iomete, nure - - -

**Mortado**
*(Umiranje)*

Ho, Mara, mia koro,
kiel tristege fluas
ĉi palaj tago-horoj!
Aŭskultu, kiel voje
al for', senfina foro
formortas trist-koloroj.

Mi tristas. Ĉar la vera
tristego de l' animo
ankoraŭ en mi vivas.
Jen, mia lipo ridas,
la tagoj sufokiĝas.
Ho, Mara, trist' tenera...

Prenu kandelojn, florojn,
bruligu flav-incenson,
tre tristas vojoj, pensoj:
min vokas sonorilo –
al tombo, al foriro...
Prenu kandelojn, florojn...

## Mallumo
### (Mrak)

Mallum', jen, en mia ĉambro –
kiel io tiel bele pleniganta koridorojn
de l' fridaj, bluaj monaĥejoj –
la solecon de l' sekretaj bordoj...
Mallum', jen, en la ĉambro apud mi
kaj ĝia sentebla ĉeesto
tiel bela kaj tiel bona
samkiel la revoj de mia junaĝo
kiuj dum tuta sia ekzisto subiradis
la sekretan horizonton de mia animo
ne trovinte, tamen, sian finkrepuskon
kiu vualus ilin per nigro,
kiu estingus ilian sunon –
la sunajn sopirojn
pri Via estaĵo!

### La suna mateno
*(Sunčano jutro)*

Donu al mi, ho Sinjoro,
glason da roso matena,
kaj la belecon
de la floraro sur kiu tremante ĝi fluis:
por ke mi komuniiĝu,
por ke mi plene puriĝu
de ĉiu makulo interna,
por ke mi kiel alaŭd' ĝojkriu en la aŭroro,
kiu en alton sin levas por tie prikanti la gloron,
honoron
fieron
kaj savon al ĉiu kreaĵo,
kiu plenfidas la Sinjoron!

### II. Fabelo
*(II. Priča)*

Aŭdu, Katjoŝka, koro mia,
ĉu vi ŝatus aŭdi jenan
fabelon tristoplenan –
pri la neĝido kara
sur la montet' najbara...?

Mi scias, al vi plaĉas la fabeloj
pri pupoj belaj kaj neĝblankaj
kun hele blua okulparo,
samkiel de l' neĝido kara,
sur la montet' najbara!

Aŭskultu, ĉu ne same al vi ŝajnas,
kiam vi tiel aŭdas
la venton kun vintro vei postdome,
ke vere sur montet' najbara
jen ploras neĝinfano kara?

Jam multaj jaroj pasis, multaj,
de kiam mi ekvagis for en mondon,
al urboj, tra la maroj kaj al homoj,
kaj ŝajnas nun, ke sur montet' najbara
ne sidas plu neĝido kara!

Ĉar la daton tiun foje,
dum vesperhor' en urbo, fine,
mortigis la senkoraj homoj
kaj tie sur montet' najbara
ne estas plu neĝido kara.

Kaj se mi nun eĉ volus ĉion
referi laŭ la okazinta
iamo... ĉio trompo nur montriĝus:
pri la neĝido kara
sur la montet' najbara.

Kaj nun la nigraj korvoj sole
kaj pinoj malserenaj nokte
pri ĉio min rememorigas:
ke iam sur montet' najbara
la neĝido vivis kara.

Nu, ĉio ĉi okazas rare ... Kiel sonĝ' –
la sonĝ' de mia bela jun' iama!

*La poemojn tradukis: Josip Velebit*

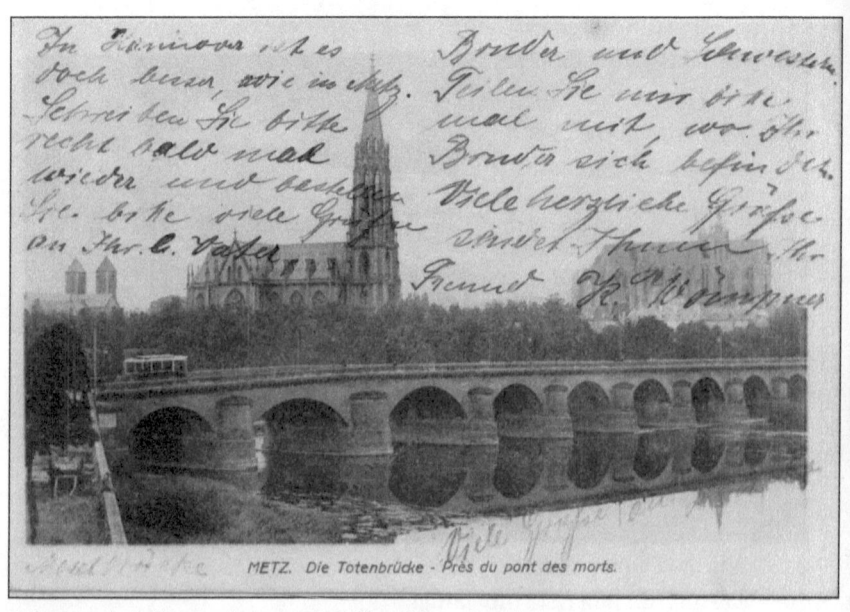

METZ. Die Totenbrücke - Près du pont des morts.

Poŝtkarto de la "Ponto de la mortintoj" en Metz, Francio

# Plej bona esplorĵurnalismo pri brule aktuala temo

de Laurent Ramette

*Lando kiu vekiĝis. Rakontoj el Ukrainio,* de Kalle Kniivilä, Mondial, Novjorko, 2023, 169 p., ISBN 9781595694522.

Kalle Kniivilä estas profesia ĵurnalisto, kiu specialiĝas pri Rusio kaj eksa Sovetunio. Ekde 2014 li kreis verkaron pri ĉi tiuj temoj sed ĉiufoje pri malsama speciala temo. Kial plimulto de rusianoj subtenas Putin (*Homoj de Putin*, 2014), kio okazis en Krimeo (*Krimeo estas nia*, 2015), kiu estas Navalnij (*La malamiko de Putin*, 2021) estas kelkaj el liaj temoj jam pritraktitaj. La sesa kaj lastatempe aperinta volumo temas, sensurprize, pri la milito en Ukrainio.

*Lando kiu vekiĝis* estas libro kiu aŭdigas ordinarajn ukrainiajn civitanojn pri du demandoj. Unue, kiel kaj kiom Ukrainio ŝanĝiĝis ekde la dissolviĝo de Sovetunio? Due, kiel kaj kiom Ukrainio nun malsamas de Rusio? La intervjuitoj donas sian personan bildon pri tiuj demandoj rakontante siajn spertojn rilate al diversaj eventoj: la nuklea akcidento de Ĉernobilo en 1986, la disfalo de Sovetunio kaj la akiro de sendependeco en 1991, la oranĝa revolucio en 2004, la Majdana revolucio kaj la anekso de Krimeo al Rusio en 2014 kaj, kompreneble, la milito ekinta en februaro 2022. Tiuj atestaĵoj estas enkondukitaj kaj kompletigitaj per utilaj interalie historiaj, ekonomiaj aŭ politikaj klarigoj pri la ĝenerala kunteksto ĉirkaŭ la tuŝitaj temoj.

Tiu priskribita verkmetodo – nome kombino de unuflanke rakontoj fare de rektaj atestantoj kaj aliflanke prezento laŭ ĵurnalisma stilo de la rilataj faktoj – efikas laŭ mi konvinke al la leganto, kiu tiel havas la senton senpere aliri la realon de la situacio.

La realo estas, ke en la 35 pasintaj jaroj Ukrainio kaj la ukrainianoj, iom post iom kaj ĉiam pli, distanciĝis de Rusio kaj de la rusianoj. La paralelaj historioj de la du landoj diferencis, la politikaj reĝimoj mal-proksimiĝis, tiel ke la post-imperiisma konduto de la granda frato al la malgranda iĝis netolerebla por ambaŭ. Ukrainio ne plu elportis la Rusian enmiksiĝon en siajn aferojn kaj Rusio ne plu eltenis la ribelon kaj neobeemon de la malgranda frato. La libro klare montras la kelkajn ĉefajn turnopunktojn en tiu historio kaj la fakton, ke tiuj turnopunktoj ne ĉiuj same gravis al la ukrainianoj depende de kie ili loĝis. Ja tiam la sintenoj estis tre diversaj en Lvivo, Kijivo aŭ Ĥarkivo, sed la milito ne estas nur turnopunkto, ĝi estas punkto de ne-reveno inter la du landoj. Per tiu "speciala milita operaco" Putin definitive unuigis la gran-dan plimulton de la homoj en Ukrainio kontraŭ si kaj Rusio. Ĉar per siaj paroloj kaj agoj Putin sen ambigueco esprimis sian penson: sen-dependa Ukrainio ne rajtas ekzisti, la ukrainanoj ne plu havas elekton. Aŭ ili submetiĝu al la eksterlanda tirano, aŭ ili sin defendu.

Fama aserto pri Rusio estas, ke ĝi havas du vizaĝojn: azian vizaĝon ĉiam rigardantan al Eŭropo kaj eŭropan vizaĝon ĉiam rigardantan al Azio. Leginte la libron, mi tiras la jenan konludon: kvankam tia opi-nio iam aplikeblis ankaŭ al Ukrainio, hodiaŭ la du ŝtatoj iras en malaj direktoj. Dum Rusio alianciĝas orienten kaj iĝas diktatora reĝimo, Ukrainio turniĝas okcidenten kaj malgraŭ la milito daŭrigas la demo-kratiigon de sia politika sistemo.

REKLAMO

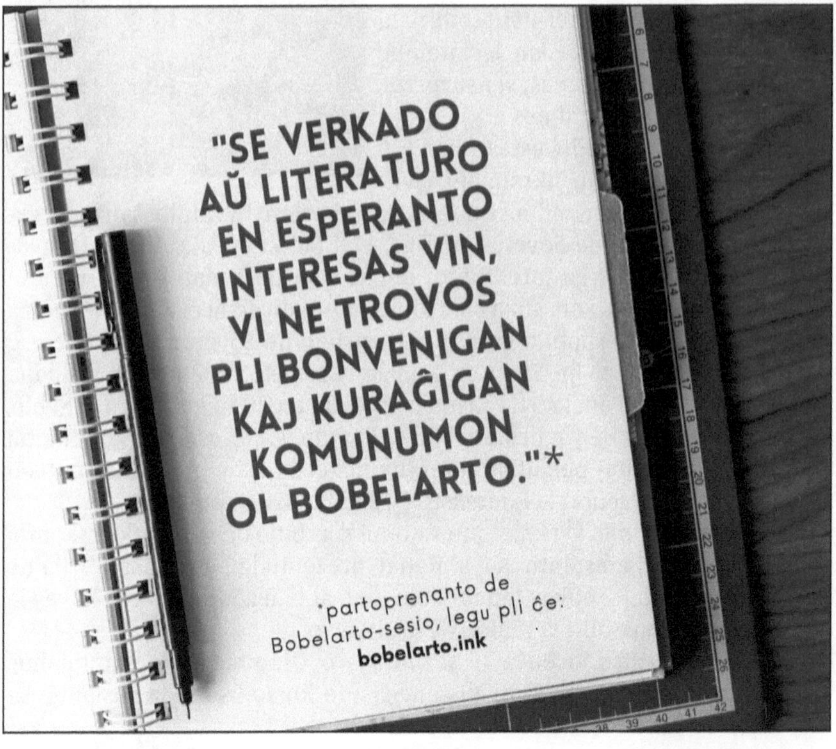

"SE VERKADO AŬ LITERATURO EN ESPERANTO INTERESAS VIN, VI NE TROVOS PLI BONVENIGAN KAJ KURAĜIGAN KOMUNUMON OL BOBELARTO."*

*partoprenanto de Bobelarto-sesio, legu pli ĉe:
bobelarto.ink

# Luksa **biografio**

de Sten Johansson

*Simeono*, de Mikaelo Bronŝtejn, Impeto, Kaŭno – Moskvo – Tíĥvin, 2022, 453 p., ISBN 9785716103207.

Mikaelo Bronŝtejn en sia proza verkaro konkeris propran terenon, se paroli pri la temo kaj enhavo de la romanoj kaj noveloj: la socia evoluo kaj realo de Rusio kaj Sovetunio kun aparta atento al la esperantistoj tie. Krome li kreis tute propran formon de siaj romanoj, kie fikcia kaj historia rakontado alternas kun realaj dokumentoj ĉiaspecaj, kiuj ekzemplas kaj atestas pri la okazaĵoj. Li enkondukis tiun formon per *Dek tagoj de kapitano Postnikov* en 2004, kaj en ĉiu nova romano li pli disvolvis kaj plibonigis ĝin.

En *Mi stelojn jungis al revado* el 2016, kiu en 2021 ricevis la unuan *Laŭron de la Akademio*, li teksis imponan vefton el la vivoj de kvin fikciaj esperantistoj dum la soveta historio. En tiu romano aperis ankaŭ pluraj realaj personoj. Unu el ili estis Semjon (Simeono) Naumoviĉ Podkaminer, kaj nun en *Simeono* el 2022 li enfokusigis tiun nestoron de la rusaj esperantistoj, kiu vivis inter 1901 kaj 1982. Per detala rakonto pri lia vivo Bronŝtejn prezentas la historion de la soveta esperantomovado de 1920 ĝis 1982, kaj nerekte li donas ankaŭ imagon pri la ĝenerala socia kaj politika evoluo de Sovetunio dum tiu tempo. Ni ekzemple ĉeestas en la sesa SAT-kongreso okazanta en Leningrado en 1926, kies sekretario estis Simeono. Ni spertas ankaŭ la teroron dum la sieĝo de Leningrado en 1941-44, kiam li kiel oficiro de la Ruĝa Armeo okupiĝis pri propagando direktata al la soldatoj de la malamikaj armeoj.

Temas do pri biografia romano, aŭ kiel diras subtitolo: *Abunde dokumentitaj fantazioj pri unu esperantista vivo*. Tamen ŝajnas sufiĉe evidente ke la faktoj superregas, kaj la fantazioj okupas subordigitan spacon. La romano konsistas el multaj specoj da teksto: Unue pro- tokoloj, artikoloj, leteroj kaj similaj dokumentoj. Due interparoloj inter Simeono Podkaminer kaj la juna Mikaelo Bronŝtejn – nomata Miŝa aŭ "bubo" – dum multaj jaroj, rakontataj laŭmemore, kaj inter Vera, la nepino de Simeono, kaj Bronŝtejn en lia pli aĝa nuntempo. Kaj trie fikciaj rakontetoj, kie la aŭtoro provas imagi, kio kiel okazis al Simeono. Kaj ĉiuj ĉi teksteroj alternas kun amaso da fotoj kaj reproduktaĵoj de ĉiaspecaj dokumentoj, de gazetpaĝoj tra identigiloj ĝis bildkartoj kaj poŝtmarkoj. La libro estas tre bela, kaj plej mirinda el ĉio estas la belega kovrilo kreita de Julia Glinskaja laŭ infanaĝa foto de Simeono kun violono.

Tre evidentas ke Mikaelo Bronŝtejn plenumis grandegan kaj grav- egan esploran laboron, al kiu helpis arkivoj konservitaj de kelkaj personoj. Sed fosadi en arkivoj ja estas unu afero; io tute alia estas transformi la materialon en legindan libron. Pri tio tamen plene sukcesis la aŭtoro. Li kreis verkon, kiu laŭ mia opinio ja estas pli multe historia dokumento ol romano; tamen ĝi nedubeble estas ambaŭ.

Ĉu pro la karaktero de la alirebla materialo, ĉu pro aliaj kialoj, la privata vivo de Simeono okupas relative malgrandan parton de la spaco. Plejparte mankas dokumentoj pri ĝi, kaj Simeono mem ŝajne ne volis paroli pri personaj aferoj kun la juna "bubo" Miŝa. Mi persone tre bedaŭras tion, ĉar ĝuste la privata vivo plej interesas min, dum la esperantomovadaj intrigoj, disputoj kaj problemoj baldaŭ komencas stari al mi en la gorĝo, kvankam ili estas tre lerte kaj ekvilibre prezentataj. La epizodo, kiu plej emociis min el la tuta libro, estas kelkaj leteroj inter Simeono kaj la germana komunisto Friedrich Köhncke, kiu vivis en Sovetunio en la intermilita tempo sed estis ekzilita al Germanio. Longe poste, en 1963, li petas Simeonon pri helpo retrovi kaj kontakti siajn forlasitajn eksedzinon kaj filinon. Simeono mirakle retrovas ilin vivaj, sed ili rifuzas kontakton. Jen tre amara epizodo iel spegulanta la eŭropan historion, laŭ mi.

Nu, kio fakte plej multe aperas en la verko, tio estas ĝenoj kaj problemoj, kiujn la soveta potenco faras al la esperantistoj, aŭ kiujn ili faras al si mem pro malakordoj. Ni sekvas la agadon de SEU, Sovetrespublikara Esperantista Unio, dum ties malkonsentoj kaj fina definitiva rompo kun SAT, Sennacieca Asocio Tutmonda, ĝis la plena neniiĝo de SEU en la granda purigado de Stalin en 1937. El la gvidantoj preskaŭ nur Simeono Podkaminer transvivis. Li estis fidela bolŝevisto kaj eĉ kunlaboris per informoj al la ŝtata sekureca servo, sed tio tute ne estis garantio. Esence li eskapis pro simpla bonŝanco. Nur post la milito en 1949-50 li pasigis kelkajn monatojn en malliberejo pro inventita akuzo.

Post la morto de Stalin en 1953 ni sekvas la renaskiĝon de Esperanta agado en Sovetunio, kie Simeono ludas gravan rolon kiel preskaŭ unika transvivinto el la antaŭa periodo. En la agado de SEJM, Sovetia Esperantista Junulara Movado, li multe kunhelpas kaj klopodas moderigi la aspirojn de la junuloj. Kaj fine ni sekvas la pli-malpli vanan kreadon de ASE, Asocio de Sovetiaj Esperantistoj, kiu praktike fariĝas nur ŝtata aŭ partia trudkitelo por regi, kontroli kaj pasivigi la esperantistojn. Ĉi tie Mikaelo Bronŝtejn mem partoprenas en la agadoj de SEJM, kiujn Simeono klopodas iom bridi por ne tro provoki la aŭtoritatojn.

Kiam la "bubo" Miŝa demandas Simeonon pri kruelaj okazaĵoj aŭ malhonestaj agoj en la stalinisma pasinteco, li ne volas paroli pri ili. Oni prefere pensu pri la estonteco. Kaj antaŭ ĉio oni evitu diri aferojn, kiuj povas doni al eksterlandanoj en la Okcidento malfavoran imagon pri Sovetunio. Por tiu celo eĉ mensogoj estas motivitaj. Legante tion, mi ne povas eviti kompari kun la hodiaŭa Rusio.

Sume la verko estas unu plia sukcesa kreaĵo de Bronŝtejn. Se eĉ mi ĝuas la legadon, kvankam ordinare min absolute tedas esperantomovadaj intrigoj kaj konfliktoj, tio pruvas grandegan talenton de la aŭtoro transformi sekajn dokumentojn en fascinan kaj ekscitan rakonton. Do ĉiel, enhave kaj forme, ĉi tiu libro estas vera luksaĵo!